勇者小鎮的打工日常 上

貓邏
插畫／高橋麵包

勇者小鎮的打工日常 上

第一章　嚮導的打工日常

01

涼風徐徐，天氣晴朗。

現今是春季三月，萬物萌生，風和日麗、春暖花開的時節。

天色才矇矇亮的時候，一群人聚集在「艾尼克斯」勇者小鎮的廣場上，他們的衣著並不統一，但是身上都背著一個背包，背包的樣式和花色也不相同，看上去就像是一群準備出遊的人。

頭髮花白、身形卻相當結實強壯的老者站在噴水池前，以宏亮的嗓音宣布著注意事項。

「勇者招生季開始了！從今天開始，會有很多想要成為勇者的人來艾尼克斯，大家要用心地為客人介紹，不要汙辱了艾尼克斯嚮導的好名聲！聽到沒有！」

「聽到了！」

眾人齊聲回應。

「戴恩爺爺放心！要是有人做壞事，我幫你揍他！」

紅髮藍眼的少年，高舉手臂，握著拳頭做出恐嚇的模樣。

「得了吧！小羅蘭你連你愛麗嬸嬸都打不過！」馬克大叔調侃笑道。

「我、我……我打不過，可是我逃得掉啊！」羅蘭漲紅了臉，不服氣地為自己辯解，「馬克叔叔你也打不過愛麗嬸嬸，而且你逃跑的速度還沒有我快！」

「哈哈哈哈……」

眾人會意地發出哄笑。

「小羅蘭，你馬克大叔不是逃不掉，是不能逃。」

「逃跑了會更慘，會被你嬸嬸罰去跪刷衣板！」

「打是情，罵是愛呀！嘖嘖嘖……」

「怎麼，你們羨慕啊？羨慕也沒用！」

馬克大叔的臉皮厚，面對眾人的調侃，他笑的得意洋洋。

「我跟我老婆感情好，這個你們是學不來的！」

小鎮居民都是自祖輩就世代生活在這裡的，彼此都很熟悉，整個小鎮就像一個大家庭，誰家有什麼狀況，某個人是什麼性格，大家都相當清楚。

「行了！」戴恩爺爺笑著拍了拍手，示意眾人安靜。

「時間不早了，大家該去準備了！」

「好！」

「羅蘭，你過來一下。」

戴恩爺爺叫住了羅蘭。

羅蘭腳步輕快地跑到戴恩爺爺面前。

「今天是你第一天打工，新手嚮導一開始都要有人帶著，你就跟著我，在我身邊跑腿幫忙，知道嗎？」

「知道！」

勇者小鎮的居民有個慣例，在小孩年滿十五歲時，就要開始在鎮上打工，找尋未來的職業出路。

羅蘭昨天過了十五歲生日，在眾多的職業項目中，他挑選的第一份打工工作是嚮導。

小鎮的孩子們從小就在鎮上到處跑，整個小鎮就是他們的遊樂場，對小鎮的環境可以說是相當熟悉。

跟著戴恩爺爺有個好處，他是勇者小鎮知名的老嚮導，嚮導等級相當高。

戴恩爺爺不需要待在小鎮門口守客人，只要舒服地坐在「嚮導屋」等著，就會有聽過他名聲的客人自動找上門。

除了戴恩爺爺之外，還有幾位資深嚮導也能悠閒地待在嚮導屋，他們都有著自己專屬的「辦公區」。

雖然辦公區只有一組沙發、一個帶鎖的置物櫃和一組辦公桌椅，布置極為簡單，但這可是只有資深嚮導才有的專屬區域，是一種榮譽的象徵。

資深嚮導的收費是外面奔波嚮導的五倍到十倍，他們的工作內容當然也不是單純地帶人參觀艾尼克斯勇者小鎮，客人找上資深嚮導，是想要獲得隱密的消息，或是請資深嚮導帶他們進入某些隱匿、需要某種資格才能進入的場所。

戴恩爺爺除了是資深嚮導之外，還是嚮導屋的負責人，他的辦公區比其他人的開闊，沙發和辦公桌椅等陳設更高檔，還有一間小房間專供他午休使用。

「小羅蘭啊，你怎麼會想要來嚮導這裡打工啊？」

坐在舒適的沙發上，戴恩爺爺慢悠悠地喝著茶水，隨口跟羅蘭聊著。

按照戴恩對羅蘭的了解，他以為羅蘭的家人和親友會建議他成為勇者，畢竟這小子在勇者職業方面相當有天賦。

「嚮導很好啊！」羅蘭爽朗地笑著，「我喜歡到處跑、也喜歡認識人，嚮導這個工作可以認識好多人，而且工作時間也很自由。」

這種說法倒是符合羅蘭的性格，可是……

「你在戰鬥方面很有天賦，身體資質也很好，不當勇者真是可惜了。」

戴恩爺爺還是希望羅蘭能夠去當勇者，讓他們這個小鎮再出一位知名的英雄。

他們這個小鎮以前叫做紅葉森林小鎮，跟其他小鎮一樣，都是附近有什麼著名標誌就用那個命名，後來因為他們小鎮出了第一位勇者「艾尼克斯」，這才改用他的名字當小鎮名字。

「維克哥哥說，只有笨蛋才會去當勇者！」

羅蘭自認自己不算笨蛋，才不想去當笨蛋勇者。

「噗！咳咳……」

戴恩爺爺被嗆了一下，嘴裡的茶水差點噴出來。

「他自己都開了勇者培訓班，有什麼臉說勇者是笨蛋？」

「維克哥哥說，就是因為有想要當勇者的笨蛋，光輝之翼勇者培訓館才能賺錢。」

羅蘭覺得維克哥哥說得對，那些拿錢去培訓的人確實挺笨的，培訓館老師教了那麼多次，他們就是學不會。

而他只是在旁邊看個幾眼就學會了！

學習能力差，羅蘭也沒有輕視他們，他知道每個人天賦不同，會有擅長和不擅長的東西，他自己也不擅長唸書，看到一堆字就頭暈。

只是有些人自己學的差，又不肯努力練習，還反過來罵老師，說老師教得不好，甚至還會仗勢欺人，欺負那些家境不如他，卻比他還要努力的窮學徒，那就讓人很討厭了！

也難怪維克哥哥都會罵那些人是蠢貨！

「你別聽維克那小子胡說！他只想著賺錢！懂個屁！」

戴恩爺爺氣得鬍子都炸開了。

「他大哥不也是去當了勇者？他覺得他大哥蠢？」

「對啊！」羅蘭理所當然的點頭，「維克哥哥經常罵洛克大哥是笨蛋。」

尤其是洛克大哥負傷回家休養的時候，維克哥哥罵得可兇了！

沒想到維克兇殘得連自家大哥也罵，戴恩爺爺一時語塞。

「……總之，你別聽維克的！他才是笨蛋！」

羅蘭面露納悶，反駁道：「維克哥哥可聰明了，大家都說他是聰明人，戴恩爺爺你以前也經常誇維克哥哥，說他是我們鎮上最聰明的孩子。」

「……」戴恩爺爺被噎了一下，沒好氣地回道：「我要是知道維克會這麼說，我才不會誇那個臭小子！」

他們這裡可是勇者小鎮，崇拜勇者的地方，鎮上一大堆店鋪都是做勇者生意的，怎麼能說勇者是笨蛋呢！

「你可別將維克的話說出去啊！」戴恩爺爺提醒道。

要是被那些來勇者小鎮參觀的外地人知道這樣的傳聞，艾尼克斯勇者小鎮的名聲就臭掉了！

「我知道的！」羅蘭咧嘴笑了，像一隻傻呼呼的小老虎，「維克哥哥說過，這是內部情報，不可以透露出去。」

「就他精明！」戴恩爺爺沒好氣地翻了個大白眼。

就在這時，門口傳來了呼喚聲。

「戴恩嚮導！有您的客人！」

02

前來找戴恩爺爺的是一男一女，一身職業裝扮。

男的高大挺拔，裸露在外的手臂強壯結實，背後繫把大刀，一看就知道他是從事戰士職業的人。

而女人則是穿著一身精緻法袍，看起來嬌嬌弱弱，眉眼間充滿傲氣和鄙夷，跟那些出身貴族的千金大小姐很相似。

「戴恩嚮導你好，我是前幾日預約的客人，代號金獅，預約編號是……」戰士對戴恩說出自己的身分。

基於種種原因，預約客人留下的名稱有真有假，金獅自然只是一個代稱。

獅子象徵著王者、英勇、守護、霸氣、權威……

許多勇者和掌控軍權的將軍都喜歡用獅子的形象做象徵。

像是黃金獅、狂獅、血獅、鐵甲獅、光輝翼獅等等。

根據不完全的統計，這片大陸用獅子當象徵的，沒有十萬也有幾萬。

戴恩爺爺確認對方的預約無誤後，點了點頭，沒有多問。

他並不在意對方隱匿身分，他們只是交易買賣，只要對方給錢就行了。

「我們這次前來，是因為聽說你這裡有門路可以買到聖級淨化藥劑？」

女法師略顯著急的問道。

「對，我知道有個地方有，走吧！」

戴恩拎起背包，轉頭跟羅蘭說了一句「跟上」，就準備帶客人出門了。

「戴恩嚮導，我希望我們的行動保持隱密。」

女法師皺著眉頭，掃了羅蘭一眼，明顯不同意羅蘭同行。

戴恩一眼就看出對方的擔憂，笑了。

「送你們到那邊後，我們就會離開。」

所以不可能有洩密的可能。

「不行，多一個人就是多一分洩漏消息的危險！」

女法師直接回絕，語氣高高在上，神情顯得相當不悅，對戴恩的回答並不滿意。

這次的採購任務是秘密行動，一切有可能讓他們曝光的情況都要扼殺。

他們黃金獅勇者團在去年年底時，接了國王的機密任務——前去喪鐘遺跡找尋某樣寶物。

這個任務不只找了他們，還有其他勇者團的成員。

他們隊長帶著十名精英出發，據說進入喪鐘遺跡的人總計一百多名，最後回來的不到二十人。

倖存者身上有著大大小小的傷，還感染了詛咒，幾個月內陸續有人死去。

幸好他們順利完成了任務，國王派了神殿主教為倖存者治療，只是那個詛咒太過強大，主教無法化解，只能壓制。

現在隊長和其他勇士還能撐著一口氣，如果不能找到聖級淨化藥劑淨化掉詛咒，他們最多只能再活半年。

黃金獅勇者團是勇者隊長組成的，要是他死了，他們這些人只能解散。

好不容易在大陸上奮鬥出名聲，要是解散了，這些榮耀就都沒了！

——雖然說，解散後他們的個人名氣還是存在，也可以憑藉著名氣、資歷和自身實力轉投其他冒險團，可是不是每個人的名氣都很響亮，也不是每個人都有足夠的實力。

就拿女法師來說，她在加入團隊之前，只是一個默默無聞的小法師，就算背後有家族供應資源，她的實力在一眾法師中也不高。

加入黃金獅勇者團後，對內，她在家族的地位上升；對外更是憑藉黃金獅勇者團的威風，鮮花、掌聲、榮譽不斷。

站到高處的人，誰會想要落下？

要是有更好的前途，女法師還不會這麼糾結，只是至今來招攬她的都是她看不上的團隊，待遇沒有現在的好，她不想跳槽。

聖級淨化藥劑的製作難度相當高，即使是藥劑大師也不一定能製作成功，外界流通的數量更是少之又少，都是當成傳家寶或是救命良藥，妥善收藏的。

這藥劑除了勇者隊長需要之外，其他勇者也需要。

他們之前好不容易得到聖級淨化藥劑的拍賣情報，到了拍賣場後，那瓶藥劑卻被另一個勇者團的人買走了。

別以為少了一個競爭者，之後就沒問題了，還有三位等著藥劑救命的勇者呢！

不管是名聲或是勢力背景，黃金獅勇者團根本比不過那些資深勇者團。

就算再有聖級淨化藥劑拍賣，他們的家底也搶不過人家。

他們尋找了許久，好不容易才打聽到這裡有聖級淨化藥劑的消息，連忙遮遮掩掩地趕了過來，生怕這瓶藥劑又被其他人截胡了！

他們這趟出行雖然隱密，卻也不知道敵人是真的沒有發現，還是要等他們買到藥劑後，再跑出來搶奪藥劑。

他們黃金獅勇者團名氣響亮，競爭者也不少，那些人都想將他們踩下去，就如同當初他們也是踩著其他勇者團上位的一樣。

「我絕對不允許有洩漏消息的可能！」女法師神情嚴肅地再度強調。

她之所以冒著危險、千里迢迢地跑來這裡，是想讓勇者隊長知道她對他的重視！賣他一個人情！

勇者隊長對於他的情人向來慷慨，女法師也想要成為其中一員。

只是女法師的樣貌只能算中等，勇者隊長的情人個個都是獨具特色的美人，勇者隊長就算想換換口味，也瞧不上她。

不過沒關係，勇者隊長的情人在喪鐘遺跡那裡死了大半，剩下的也開始找尋其他出路了，只要她將藥劑帶回去，等勇者隊長痊癒後，她就是他的恩人，屆時勇者隊長就算不跟她在一起，也肯定會給她大量資源。

但是這不代表她就要拿命去拚！她的實力不強，要是消息走漏，有人跑來搶奪藥劑，她可沒有辦法保證自己的性命安危。

「我們很注重保密，不會洩漏客人隱私。」戴恩面露不悅。

這位女法師的話根本像是在暗中指責他們，認為嚮導會出賣客人情報？

這對他們嚮導屋來說是一種侮辱！

「我是雇主，你不過是個嚮導，你應該要聽我的！」女法師尖著嗓子罵道。

不提她的身家背景，就拿現在的身分來說，她是雇主，是出錢的人，戴恩怎麼可以違抗她的意思！

「我要買的可是聖級藥劑！事關人命，要是出了差錯，你賠得起嗎？」女法師刻薄指責道。

「……」

一直安靜等待指示的羅蘭皺著眉頭，本想反駁幾句話，卻被戴恩爺爺一記眼神壓下。

他撇了撇嘴，心底腹誹。

聖級藥劑而已，又不是什麼神級寶物，他每年生日的時候，賈德森伯伯都會送他一瓶呢！他的小藥櫃都快要放滿了！

「既然客人要求，羅蘭你就自己去鎮門口找遊客接待吧！」戴恩對他擺擺手。

「好。」

羅蘭笑嘻嘻地拿起背包，轉身就走。

戴恩的態度讓女法師的心情好轉，她原本想著，要是戴恩依舊堅持，非要讓助理跟著的話，她就取消這個預約！

反正都已經來到這裡了，她就不相信她打探不出聖級藥劑的下落。

一直默不作聲的戰士看了女法師一眼，心底嗤笑，開始盤算著退出黃金獅後要去哪個勇者團？

黃金獅的精英都在喪鐘遺跡的任務中折損了，就算勇者隊長被救了回來，日後的成就也有限。

勇者隊長的鬥志已經沒了。

他以前戰鬥時都是衝在最前面，積極熱血、活力充沛，現在則是站在後方指揮，性格也變得驕傲自大。

這樣的一個人，想要從谷底再度爬上來，需要轉變性格，變回最初的他。

只是在戰士看來，這位勇者隊長已經被酒色腐蝕了意志，變不回去了。

戰士可不想跟著黃金獅勇者團一起沉淪下去。

他還在戰士的巔峰期，他還想要繼續往上爬！他還有著雄心壯志！

03

羅蘭來到小鎮門口，熟門熟路地跑到旁邊的茶棚。

鎮門口兩側設置了不少茶棚和小吃攤，等著接待客人的嚮導都會聚集在這裡，一邊聊天、一邊留意門口動靜，好在發現客人時第一時間迎上去。

「羅蘭？戴恩爺爺不是要你跟著他嗎？」

羅蘭一踏進茶棚，馬上就有人發現他。

「戴恩爺爺的客人不讓我跟，戴恩爺爺讓我來這邊逛逛。」

羅蘭聳了聳肩，向茶棚老闆買了一杯茶，隨便找了個空位坐下。

對於這樣的解釋，嚮導們紛紛表示理解，這樣的客人他們也遇過不少。

「《嚮導手冊》看了嗎？」一位大叔問道。

「看了。」羅蘭乖乖點頭。

他早在生日前一個月就開始想著打工的事，確定要到嚮導屋打工後，他就提前跟嚮導屋說了，嚮導屋就給他一本《嚮導手冊》，讓他回家學習。

《嚮導手冊》的主要內容就是介紹小鎮的各個景點，以及教導新手嚮導在參觀導覽上的話術，還有就是一些常見糾紛的應對方式。

因為不要求背書，再加上羅蘭是本地人，對小鎮各處都很熟悉，所以很快就將嚮導的事前準備工作都學會了。

「你是新手，找客人不要找有錢人，那種人最挑剔，麻煩也最多！」前輩向他傳授著心得，「最好找衣著樸素，看起來就是來旅行的旅客，這種客人給的賞錢雖然不多，卻最好相處，至少不會憑著身分仗勢欺人……」

嚮導的工作看起來簡單，像是帶著客人遊玩兼吃吃喝喝就行了，實際上裡頭的訣竅也不少，沒有前輩帶領，很容易吃虧。

最常遇見的就是一些有貴族背景的人，仗著有幾分權勢就把嚮導當成奴僕喝喚、甚至是打罵，相當令人厭惡。

聽說一些小鎮的嚮導甚至有被打成殘廢或打死的！

不過在艾尼克斯勇者小鎮上，那些外來者可不敢這麼囂張，要是他們敢對嚮導和小鎮居民動手，他們就別想走出小鎮了。

「別擔心，你只要把握好『分級』，就不會有大問題。」另一位嚮導怕說多了讓羅蘭害怕，溫和地寬慰他。

他們這些嚮導做的是仲介和消息買賣，消息買賣這方面是有等級之分的，給什麼樣的價格、買什麼等級的消息，在他們內部都有明確劃分。

「好！我記住了，謝謝兩位哥哥！」羅蘭笑容燦爛地道謝。

要是換成其他勇者城市，嚮導之間的氛圍肯定不會像他們這麼好。

就算都是小鎮居民又怎麼樣？

現在羅蘭跑來當嚮導，就是來跟他們搶飯碗的，沒有排擠他就很好了，哪裡還會將自己的經驗教他？

這種情況也只有艾尼克斯勇者小鎮能看得見。

小鎮上的嚮導已經被統整起來，大家全都隸屬於嚮導屋，拿著底薪加業績分成，比起舊時那種有一頓沒一頓，還要搶客人、拚人脈關係的日子好多了。

嚮導屋內部的風氣很不錯，不會吝嗇培養新人。

這其中除了有多年的鄰里感情之外，主要還是他們每培養出一個新人，就可以在新人工作的前三年分到對方一成的收入，而且他們每個季度還有績效獎金、新人培育獎金、客人好評獎金、最勤勉嚮導獎金等多種福利可以拿。

在利益方面獲得滿足了，人自然也就大氣起來，不會在小事上斤斤計較。

現在是勇者招生季，小鎮門口人潮眾多，嚮導們很快就找到各自的客人，前去領路了。

羅蘭也不著急，他還在實習期，沒有業績壓力。

一直等到嚮導前輩們都走了，他才開始找自己的目標。

他很快就找到自己的目標客人。

那是一對父子，父親是蓄著短鬍的中年人，腰間掛著一把老舊的大刀，孩子的身高跟羅蘭差不多，臉部被斗篷的帽子遮掩，看不清樣貌。

父子倆的衣著普通而樸素，身上背著大包小包，像是把全部家當都扛在身上，跟平民百姓出遊的裝扮類似。

這樣的人，進入一個新城市後，大多不會找嚮導領路，寧願為了省下錢而多費點時間自己找尋。

不過羅蘭注意到，那對父子進入小鎮後，父親就帶著孩子到茶棚這裡喝茶，休息時，父親的視線在茶棚客人間游移，像是在找尋什麼一樣。

羅蘭對上那位父親的目光後，朝他揚起燦爛笑容，對方微微一愣，而後也對他點頭笑笑。

羅蘭拿著飲料起身，來到父子倆旁邊的桌子坐下，沒有跟他們坐在同一桌。

羅蘭的動作也讓身為父親的桑巴鬆了口氣。

雖然跟人併桌共用是常有的事，可是多年在外遊歷的經驗讓桑巴對於陌生人心存警惕，羅蘭這種保持著社交距離的態度讓他較為安心。

「你們是來這裡旅行的嗎？」羅蘭像是在話家常一樣地隨口問道。

「對。」桑巴看了他的背包一眼，「你是嚮導？」

他以前來過艾尼克斯勇者小鎮，知道這裡的嚮導標誌就是隨身背著一個背包，背包上會有「艾尼克斯嚮導屋」的專屬印記。

「我是實習生。」

羅蘭從背包裡取出一枚掌心大的徽章，徽章是一個長方鐵片，上面銘刻著「艾尼克斯嚮導屋」幾個字，這幾個字呈圓形排列，中間空白的位置刻劃著一隻眼睛。

看見嚮導屋的徽章，桑巴明顯安心一些。

艾尼克斯的嚮導屋風評不錯，在旅人之間有一定的可信度。

「我們是來參加勇者招生季的，可以請你介紹這裡的勇者培訓館嗎？」桑巴拿出一枚銀幣遞給羅蘭，這是公認的初級消息價格。

羅蘭笑嘻嘻地將銀幣接過，開始介紹艾尼克斯勇者小鎮上的勇者培訓館。

「我們艾尼克斯有三間勇者培訓館，合森圖、魔龍和光輝之翼。」

其中，光輝之翼勇者培訓館就是喜歡吐嘈勇者的維克哥哥所經營的。

「合森圖是我們這裡的老牌培訓館，有一百三十三年的歷史，採用傳統式訓練法，勇者都是往戰鬥的方向進行培育，每隔三個月會進行一次考核，連續兩次考核不合格的學生會被淘汰。」

「能夠從合森圖畢業的學生，戰鬥力都很強大，不只是勇者團，軍隊和騎士團也都很喜歡合森圖的畢業生，每隔幾年就會過來合森圖這裡挑人……」

「魔龍是從合森圖分出來的，有七十幾年的歷史。他們喜歡培育智慧型的勇者，在團隊的領導、戰鬥策略和統籌方面相當優秀，就算當不了勇者也能加入其他勇者團隊當副手或是後勤……」

「光輝之翼是近幾年興起的，老闆是年輕人，管理層也是偏向年輕化。他們會根據勇者自身的意願和天賦、專長進行培育……」

羅蘭說到這裡，又看了桑巴和他兒子一眼。

「光輝之翼是採用新式的科學化培育，每個月都會對新人進行體檢，並且按照檢測結果對培訓方向進行調整，飲食方面也會有專門的營養師進行規劃……」

「光輝之翼給學員的獎勵是三家裡面最豐厚的，要是學員能夠在每個月的考核中獲得前三名，學費全免，還可以拿到一筆獎勵金……」

「聽起來，你很推崇光輝之翼？」桑巴笑問。

羅蘭對光輝之翼的偏愛沒有掩飾，他介紹其他兩家的介紹詞很官方，語氣也不激情，但是介紹到光輝之翼時，情緒明顯提高許多，臉上的笑容也更加燦爛。

「因為我有認識的人在裡面嘛！」羅蘭沒有掩飾，依舊笑得燦爛。

最後這對父子有沒有參加光輝之翼的招募，羅蘭並不清楚。

不過隔了幾天，維克買了一份特大份量的烤肉給他，說是給他的獎勵。

04

羅蘭的嚮導打工越做越上手，嚮導前輩們誇他有天賦，也開始放手讓他接洽一些更難纏的客戶。

例如：貴族。

貴族可不好招待，他們雖然出手大方，但是要求高、條件多，不容易討好，也不容易拿到酬庸以外的賞金。

這一天，前輩們讓羅蘭接待一位公爵家族出身的千金大小姐，讓他練練手。

大小姐是來參加勇者招生的，身旁跟隨著一位管家、四名僕人和六名護衛。

隨行的六輛馬車由矮人工匠打造，內裡布置著精緻的鍊金擺設，車廂壁上有魔法師設置的防禦陣法，拉車的魔獸是昂貴又強大的高級魔獸「亞地龍」……

這種配備規格的馬車，價格足以讓小貴族傾家蕩產，可以看出大小姐的身家豐厚。

「貴客好，我是嚮導羅蘭……」

「先去旅館吧！」

管家打斷羅蘭的話，臉上掛著營業用微笑，語氣略有些虛弱的說道。

「大小姐一路奔波，需要好好休息，你們這裡最好的旅館在哪裡？」

羅蘭看了一眼精神充沛、興致勃勃地看著街景的大小姐，和神情憔悴、雙腿微微發顫的管家等人，覺得管家這話似乎說反了。

不過他也沒有揭穿。

「艾尼克斯最頂級的旅館是『時光旅店』，旅行者公會的評價是六星級……」

羅蘭的介紹還沒結束，就再度被打斷。

「六星級，很好，那就去那裡。」

管家已經累得想要立刻躺下，實在不想浪費時間在聆聽介紹上。

跟隨大小姐這一路走來，他只覺得是人生中最悽慘的時刻。

大小姐的脾氣好、人也爽朗乾脆，這樣的優點在貴族中實在少見，然而她也不是沒有缺點，性子急躁和固執就是她最大的缺陷。

明明公爵老爺都已經為她安排了最好的未來，她只需要像其他貴族小姐那樣，成天吃喝玩耍、買買珠寶首飾衣服、過著閒適悠哉的生活就行了，可她就是不要，她就是想要成為勇者！

公爵老爺和夫人無法改變她的主意，就請了勇者老師過來為她進行基礎訓練。

這也是對她的考驗，要是大小姐連基礎訓練都撐不下來，那成為勇者這件事情就做罷。

沒想到大小姐撐了下來，完美地完成基礎訓練，還深獲勇者老師的好評，說她是成為勇者的好苗子！

公爵家族雖然尊貴非凡，但要是家族裡能出一位勇者，那也是相當光榮的事。

既然大小姐自己喜歡，而且又有天賦，公爵老爺和夫人自然不再攔阻。

他們為大小姐安排了一間極富盛名的勇者培訓館，就等著她收拾行李入學。

可是大小姐拒絕了。

大小姐說，她是看了《艾尼克斯勇者冒險》才迷上勇者這個職業的，她想要到艾尼克斯的出生地學習。

公爵老爺雖然不滿，卻也拗不過孩子的意見。

公爵老爺特地向認識的資深勇者打聽，知道艾尼克斯勇者小鎮雖然在普通民眾眼中並不特別，但是在勇者圈的名氣不錯，從這個小鎮出來的勇者都有一定程度的水準，讓大小姐來這裡打基礎，也不算是耽誤了孩子的未來。

定下決定後，公爵夫人連忙讓僕人收拾行李，送女兒啟程。

他們出發的時間已經有點晚了，大小姐擔心錯過艾尼克斯的招生季，便一路辛苦奔波、日夜兼程的趕路，趕在招生季結束前抵達這裡。

說實在的，現在管家還能維持表面禮儀，以筆直的身姿站在羅蘭面前，就已經是他竭盡全力維持的管家素養了！

羅蘭看出管家的疲憊，便配合著他的催促，快速將他們領到時光旅店。

現在是勇者招生季的尾聲，入住旅館的客人減少許多——考核沒通過的人離開了，通過考核的搬去住在培訓館的宿舍——這才能讓沒有預約的管家等人有地方可住。

「招生時間到月底截止，祝妳成功。」

離開時羅蘭笑嘻嘻地送上了祝福，並獲得大小姐的賞金十金幣。

各個勇者小鎮的招生季都不固定，但是大多會在春季開始，並在盛夏前結束。

艾尼克斯勇者小鎮的招生季是兩個月左右，要是合格者已經達到勇者培訓館需求的名額，就會提前結束。

在招生季結束前，羅蘭又接待了幾批客人。

如一對混血獸人兄妹的父母過世了，雖然學會了捕獵的本事，生活卻過得很拮据，哥哥想要成為勇者，改善生活條件，讓妹妹過上更好的生活。

另外有名出身山村的少年，如果不出意外的話，應該會像兄長們一樣，繼承長輩們的獵人職業。

卻在某天，一位無名勇者經過山村，在他們家借住時，發現少年的資質不錯，建議他家的大人讓孩子走上勇者的道路。

家裡的長輩心動又糾結，在開過家庭會議後，拿出大半家財，聘請無名勇者教導孩子。

無名勇者教導了三個月，說是孩子的基礎已經打磨好了，之後想要更進一步，最好是去勇者培訓館訓練。

為此，少年的家人又辛苦打獵了一年，積攢了一筆錢，存下少年的旅費，送他離開山村。

只是少年的勇者之路進行得不順利，他沒通過招生考核。

在外出見過世面後，山村少年才知道，那位無名勇者教授的知識都是道聽塗說的，那些他冠在自己身上的豐功偉業，都是大陸上謠傳的各種八卦故事，唯有打磨基礎的體能訓練是真實的。

然而，體能訓練的部分訓練方法被認為效率太差，有些甚至有傷身和毀壞根基的危險，早就被培訓館淘汰。

山村少年不敢回家，他害怕見到家人失望的眼光。

他輾轉在各個勇者小鎮打工，積攢的生活費便用在鍛鍊自身和勇者招生考核上。

今年是他離開山村的第四年，當年出村的少年已經變成了青年。

他希望今年可以通過考試，這樣他就能寫信告訴家人他這些年的經歷，不讓家人為他擔心。

除了這些懷抱著夢想的新人之外，羅蘭還遇見了一位在外闖蕩過幾年，又回頭重新參加招生考核的回鍋勇者。

據對方所說，他當年並沒有在培訓館進行培訓，一切都是自己琢磨、自己跟著冒險團隊學習，是一個純粹的野路子。

後來他發現，經過培訓館培訓的勇者，不管是知識和戰技都有系統、有條理，遇見突發情況時都知道該怎麼應變。

不像他，只是靠著模仿他人和自身經驗應付。

為了長遠的未來著想，回鍋勇者這才想要回頭進修。

羅蘭並不認為野路子有什麼不好，最初的勇者都是靠著自己訓練、自己琢磨的，直到勇者職業興盛之後，勇者培訓館這才興起。

維克哥哥也曾經說過，能夠靠自己鑽研出頭的勇者，是最有靈性的勇者，比勇者培訓館出來的樣板勇者要好多了。

畢竟勇者培訓館只是將前輩們的經驗進行總結，給出一種到數種的學習模板，進一步的鑽研還是要靠勇者自己。

不過勇者培訓館出身的勇者也不是全無好處。

培訓館畢業的勇者，基礎會打的更好，減少在訓練時會遇到的各種訓練傷害，在人脈和知名度上也會比野路子出身的勇者高，更容易被世人關注到。

維克哥哥說，那個回鍋勇者是衝著培訓館的人脈來的，因為許多中、大型的勇者團在挑選成員時，都會按照培訓館挑人，不會選擇野路子。

講了這麼多，現在羅蘭可沒有心思管這些人的未來，因為他要被戴恩爺爺趕走了。

「你該去其他店鋪工作了！別一直賴在這裡！」

在戴恩看來，羅蘭就是當勇者的料，沒必要在嚮導這裡浪費時間！

第二章　酒館的打工日常

01

羅蘭的第二份打工是到酒館打工，酒館的名字叫做「沃夫與扎拉德」。

據說，創立這間酒館的老沃夫想要成為龍騎士，出去闖蕩十來年，最後孑然一身的回來。

返回家鄉後，他便開了這間酒館。

有人開玩笑地問老沃夫，「你有找到龍夥伴嗎？」

老沃夫笑著回答，「有啊！我找到一位很好的夥伴！只是牠的年紀太小，還不能出龍谷，等牠成年了就會來找我了！」

所有人跟著哈哈大笑，都覺得老沃夫是在開玩笑，沒人相信他的話。

沒成年的龍確實不能離開龍谷，可是話又說回來，人家沒離開龍谷，那老沃夫又是在哪邊遇見龍的？

難不成他跑去龍谷找龍？

哈！傳說中的龍谷可是位於秘境之中，沒有龍族領路，一般人根本進不去。

要是龍谷有那麼好找，就不會有一堆人望龍興嘆了！

也有人好奇地問老沃夫，「你店名裡的扎拉德是誰啊？」

老沃夫回答說：「扎拉德就是我的龍族小夥伴啊！」

見老沃夫說得認真，有人半信半疑。

只是當他們追問龍族和龍谷的事情時，老沃夫總是笑笑不說話，被問急了，就拿吟遊詩人編的故事和世人皆知的龍族謠言搪塞。

久而久之，再也沒有人相信老沃夫說的話了。

他們都認為，老沃夫是故意弄出這麼一個故事，當作酒館吸引人的噱頭。

現在的酒館老闆已經是第十五代的繼承人，大家都叫他「沃夫十五」，或是直接喊沃夫老闆，本名倒是沒幾個人記得。

不過這也沒關係，因為老闆自己也記不住。

偶爾幾次，羅蘭聽過有人用老闆的本名喚他，結果老闆完全沒有反應，直到對方喊他沃夫老闆，他才像是回過神來一樣，笑呵呵地招手回應。

那人笑罵：「喊你好幾聲你都沒回應，你是忘了自己叫什麼了嗎？」

沃夫老闆也樂了，哈哈大笑著說：「沃夫十五聽習慣了，叫名字我真是反應不過來！」

沃夫與扎拉德酒館裡除了老闆之外，還有一位廚師、三名正職員工和兩位洗碗工，人數不少。

平常時候，酒館的人手充足，足以應付酒館裡的客人，但是遇到勇者招生季、狩獵季和獸潮的時候，艾尼克斯勇者小鎮就會湧入大量外來人口，小鎮裡的店家生意會上漲好幾倍，而沃夫與扎拉德酒館也是處於日日爆滿的狀態，就連店外也需要擺放上幾組桌椅，讓無法進入店裡的客人在外頭用餐。

羅蘭前來打工的時間正好處於勇者招生季的末端，這時候的人潮已經減少許多，擺放在酒館外面的桌椅也已經收起，他只需要在酒館內跑腿送餐即可。

酒館的營業時間是中午十一點到晚上八點，員工需要提前半小時抵達。

當天上午，羅蘭準時來到店門口。

此時，酒館的門已經開啟，沃夫老闆和員工在進行營業前的準備。

「你來啦！」沃夫老闆向他招手，「你就負責外場吧！工作就是點餐、送餐和收錢……菜單跟價錢都記住了嗎？」

「都記住了！」羅蘭燦爛地咧嘴笑著，「沃夫大叔，你放心吧！我都在你們家吃過幾千次了，怎麼可能會弄錯？」

店裡的餐點就只有烤肉串、炸肉排和燉肉，飲料多一些，有咖啡、奶茶、鮮搾果汁跟各種品牌的啤酒，種類相當簡單。

羅蘭從小就經常來這裡吃飯，不需要特別背誦也能記下菜單。

雖然餐點種類不多，但是店裡使用的食材都是當天進貨，用料新鮮、量大飽足，價格也不貴，是傭兵們的最愛！

「叫我老闆，不喊老闆不發工錢。」沃夫老闆笑嘻嘻揉了他的頭一把，「記住了最好，要是你算帳算錯了，我可是會扣你薪水的！」他故作兇惡地恐嚇。

「我絕對沒問題的！」羅蘭挺起胸膛，對自己自信滿滿。

「現在還沒開店，你要是肚子餓了，就去廚房吃點東西，墊墊肚子。」

店裡的員工用餐時間是下午兩點，所以員工上工之前都會預先吃一些食物，考慮到羅蘭可能沒想到這一點，沃夫老闆朝他擺擺手，讓他去廚房先吃一些。

「謝謝老闆！」

羅蘭也不客氣，雙眼發亮地朝廚房衝去。

「約翰大叔！我要吃炸肉排！」

來到廚房門口，羅蘭興奮地朝著裡頭的廚師喊道，腳步卻是穩穩地停在門邊，沒有跨進廚房重地。

「我聞到炸豬排的味道了，是火焰珍香豬對不對？火焰珍香豬的肉做成炸豬排最香、最好吃了！」

沃夫與扎拉德酒館是跟小鎮的獵戶進貨的，獵人獵到什麼他們就買什麼，每天進的肉都不一樣，肉類的處理細節、料理的作法也不同，相當考驗廚師的本事。

約翰廚師非常擅長做肉類料理，手藝在當地是一絕。

「小羅蘭的鼻子可真靈，這都被你聞出來了。」

身材有些豐腴的約翰廚師站在大油鍋前，用夾子翻動著正在油炸的炸肉排，旁邊流理台鐵盤子上放著幾十塊剛炸好的炸肉排。

看著站在廚房門口垂涎的小羅蘭，他拿起一個有點深度的大盤子，往裡頭裝了滿滿的炸肉排。

約翰廚師很喜歡羅蘭，因為羅蘭有個好胃口，還有敏銳的舌頭和嗅覺，小小年紀就能將食材跟調味的好壞說得一清二楚，堪稱一位小美食家。

「豬排才剛炸好，吃的時候小心燙啊！」

將盤子遞給羅蘭時，約翰廚師不忘叮嚀一句。

看著炸得金黃酥脆的炸豬排，羅蘭的口水都要流出來了！

「沒關係，我不怕燙！」

他拿起叉子插起一塊肉排，大口咬下！

「咔喳！」

麵衣外皮被咬開的聲響在廚房裡清脆地響起，吃過炸豬排的人都知道，這樣的脆響是炸豬排麵衣炸得好的證明。

「咔喳！咔喳！咔喳！咔喳……」

羅蘭大口吃著，幾口就將一指厚，成年人的兩個手掌大小的炸豬排吃完了！

為了讓豬排吃起來外酥內嫩，豬肉事先經過了搥打和醃製，油炸前還要沾了蛋液，裹上一層特製麵包粉，再用不同的油溫油炸，細節繁瑣。

炸過的麵包粉吃起來酥脆噴香，內裡的豬肉柔嫩多汁，調味得宜，不用沾醬就很好吃！

羅蘭吃得停不下嘴，十幾塊炸豬排吃完了還有些意猶未盡。

「約翰大叔，你的炸豬排真的好好吃！要不是時間不夠，我還可以繼續再吃！」

羅蘭抹去嘴邊的油漬，朝約翰廚師豎起大拇指稱讚。

「別！我才醃了四百份炸豬排，你要是都吃完了，老闆還賣什麼？」約翰廚師打趣笑道。

他從不懷疑羅蘭吃不了這麼多，沃夫與扎拉德酒館的大胃王紀錄就是由這個小傢伙創造的。

當時他只有十三歲，卻足足吃了一整頭、有三百多斤重的火焰珍香豬！胃口大得堪比龍族！

02

「歡迎光臨！」

營業時間一到，酒館馬上就來了客人，羅蘭才喊出「歡迎光臨」四個字，另一位女性服務生「麗娜」就已經上前接待了。

「傑克團長、美加、尤利爾、大錘、鐘擺、金戈……上午好啊！你們又要出任務了啊？不是說要放假半個月嗎？」

麗娜熟稔地招呼著進門的老顧客，將他們領到靠窗口的大桌處。

「哈哈，沒辦法啊！人家指定要我們出團，客人是老熟人了，不好拒絕。」蓄著山羊鬍的傑克團長爽朗地笑道。

他們今天的聚會只是行動前的碰頭會，主要就是分配一些事前準備工作，像是收集任務情報、規劃行動路線、採購需要的物資等等，等這一切都準備妥當了，他們才會出發。

「畢竟你們是最厲害的黑狼勇者團嘛！客人當然只想要找你們接單。」麗娜笑著恭維他們一句，又道：「今天進了火焰珍香豬跟地裂牛，推薦你們吃炸豬排套餐跟燉牛肉套餐！」

雖然酒館的餐點製作方式只有烤製、油炸和燉煮三種，但是肉類種類的差異會影響最後的成品。

同樣都是燉肉，地裂牛燉肉的味道會比火焰珍香豬燉肉還要香醇濃郁，饕客都知道該怎麼點。

不清楚其中差異的客人，酒館服務生也會為他們進行推薦。

麗娜不推薦烤肉串，並不是因為烤肉串的材料不好，而是因為肉串所使用的食材是三彩雉雞跟珍珠豬，這兩種都是酒館經常使用的肉，幾乎每天都能吃到，對於熟客來說，烤肉串的吸引力絕對沒有炸豬排和地裂牛燉肉來的大。

「行啊！就按妳說的點！給我來一份炸豬排套餐。」

傑克隊長應得乾脆，其他隊員也紛紛開口點自己想要的餐點。

沃夫與扎拉德酒館的餐點可以單點也可以點套餐。

套餐會附帶一大碗的生菜沙拉、一大碗的奶油濃湯、五塊拳頭大小的麵包以及一杯飲品，份量相當充足，就算是大胃口的成年男性也能吃飽。

他們點的餐都是可以事先製作的，餐點很快就上齊了。

「傑克叔叔，你們的炸豬排！」

羅蘭端著大托盤，笑嘻嘻地送上餐點。

每一個餐盤上都放了三塊比臉還大的炸豬排，這樣的大手筆也只有沃夫與扎拉德酒館才有了。

沃夫與扎拉德酒館的目標客群是勇者、雇傭兵和冒險者們，這些人的特色就是胃口大，一般的餐點對他們來說只能塞牙縫，只有沃夫與扎拉德酒館給的餐點份量才足以讓他們完全吃飽。

——別看這群食客中還有女性，有些女性的胃口比男性更大，甚至要吃上兩、三份餐點才會飽！

「是小羅蘭啊？你跑來這裡打工了？」傑克笑著招呼道。

小鎮上的居民都是熟識的，有些家庭甚至從祖上就結交，子孫代代都是青梅竹馬、知交摯友，感情比親兄弟姊妹還親，傑克跟羅蘭的父親「金斯」就是這麼一回事。

傑克可以說是看著羅蘭長大的，他很喜歡羅蘭這個小傢伙，以前甚至動過偷抱孩子回家養的心思，後來被小羅蘭的父親揍了幾次後，才熄了這個心思，換成要當孩子的乾爸。

然而，乾爸頭銜被他那個工作狂哥哥「奧德里奇」奪走了！

他成了小羅蘭的乾爸，讓傑克只能當叔叔。

奧德里奇都已經有兩個孩子了，為什麼要跟他這個單身漢搶兒子！

跟小羅蘭玩得很好的維克哥哥，正是奧德里奇的小兒子。

這個「奪子之仇」讓傑克每每想起來就氣得牙癢癢的，想找奧德里奇單挑！

只是說歸說，傑克也只是嘴上嚷嚷，沒有真的大逆不道，對哥哥出手。

奧德里奇大了傑克十歲，傑克和金斯都是被他帶大的。

對他們來說，奧德里奇可以說是父親和兄長的綜合體，權威極盛，對他們也真的很好，所以雖然傑克經常嚷著要找哥哥單挑，卻是一次也沒有實踐過。

——絕對不是因為他打不過哥哥！

「嘖！我還以為你會來我的黑狼團，跟我一起當勇者……你以前不是說我很帥氣，長大後想要跟叔叔一樣嗎？」傑克有些不滿的說道。

「我爸說，最好把每一種想做的工作都試過，這樣才會知道什麼是自己喜歡的。」羅蘭笑嘻嘻回道。

「嘖！別總是聽金斯的話，那傢伙就不是一個正經的勇者！」

傑克撇撇嘴，對好友充滿吐嘈欲望。

金斯極具勇者的資質，但這傢伙卻是在成為勇者並闖出名氣後，突然轉行跑去當什麼生態保育學者！

這就像是將軍不當將軍，跑去當學者一樣，這像話嗎？

每每提起這件事，傑克就很生氣，覺得被夥伴背叛了。

年輕時候他還因為這件事情跟金斯打了好幾場，而金斯那傢伙總是笑嘻嘻地安撫他，說他也沒有轉職，只是兼職成為學者，勇者這個身分還是存在的。

呸！金斯根本就是將他當成孩子哄！

呸！呸！他比金斯還大一歲！憑什麼將他當成孩子啊！

「你爸有跟你聯絡嗎？」

在羅蘭十二歲時，父親說羅蘭已經長大了，可以獨自生活了，而後就把孩子託付給傑克他們家照顧，自己背著行囊離開，說是要繼續他的研究，直到今日都還沒回家。

「年初的時候有收到他的信，他說亡靈峽谷那邊的工作已經完成，朋友約他去翡翠秘境作客……」

羅蘭回想著自家父親的來信內容。

雖然父親好幾年都沒有回家，但是他聯繫羅蘭的次數相當頻繁，平均一個月一封信，要是他遇上什麼有趣的、好玩的事件，羅蘭就會收到好幾次信件和包裹。

「翡翠秘境？那記得叫他帶精靈的生命之泉回來啊！」

傑克眉頭一挑，頗不以為然笑笑。

翡翠秘境可是傳說中的精靈族棲息地，地位就跟龍族的龍谷一樣，神秘又超然，一般人沒有精靈族人帶領，可是進不去的。

就算誤打誤撞闖進去了，也會被裡頭的精靈、樹人等奇幻生物驅逐出境，運氣不好的還有死在裡頭的可能。

而且精靈族就跟龍族一樣，領地意識濃厚，相當排外，還沒聽說過有誰被精靈族邀請回去作客的。

——雖然從古至今也有不少某某勇者獲得精靈的友誼，被精靈邀請去翡翠秘境的傳說，可是誰不知道，這就是吟遊詩人編出來的故事啊！

就跟某某勇士獲得龍族賞識，變成龍騎士一樣，全都是哄騙小孩的故事啊！

也只有小羅蘭會這麼真心實意的相信了。

嘖！他的損友、小羅蘭的混蛋老爸可真是坑兒不淺！

03

傑克的家族「蘭斯家族」是商會起家，涉獵的都是勇者裝備、武器和週邊需求的業務。

蘭斯家族並不強制要求孩子一定要在家族事業中工作，只要求孩子在成年後要有自己的事業，不能當個無所事事的人，所以傑克才能創建他的黑狼勇者團，維克的大哥洛克才能去追逐他的勇者夢。

或許是傑克和洛克熱愛勇者的夢想，又或者是艾尼克斯勇者小鎮的風氣給了維克靈感，維克在十二歲時便跟家裡商量，想要開設光輝之翼勇者培訓館，希望得到家人的支持。

讓十二歲的孩子創業，這對絕大多數家長來說肯定是不行的。

然而，維克的爸爸不是一般人，蘭斯家族也不是一般家族。

蘭斯家族的初代族長本身就是白手起家，他前前後後創業過一百多次，也失敗一百多次，到了五十多歲才成功。

之後他就定下了一條家規：家族子弟需要保持開創之心，體會創業的艱難。

也就是說，蘭斯家族的後代子孫，都需要進行過至少一次的創業，就算失敗了、虧損了也無所謂，那都是一種成長經驗。

奧德里奇在八歲時就開設了他的第一間糖果店，糖果店在孩子間相當受歡迎，還因此賺進了他的第一桶金，所以他對於小兒子的想法並不覺得奇怪，反而相當支持。

於是，維克的光輝之翼勇者培訓館就這麼成立了。

維克創業前幾年的經營，奧德里奇還會擔任老師的角色，指點和協助孩子經營，等到維克年滿十八歲，成年了，光輝之翼勇者培訓館的經營權就全權轉交給他，奧德里奇再也不插手干預了。

傑克原以為，羅蘭到了打工的年紀時，會第一個選擇維克的光輝之翼勇者培訓館打工。

畢竟兩個孩子的感情那麼要好，小羅蘭小時候總是追在維克身後，維克哥哥維克哥哥地叫著，乖巧極了。

沒想到這孩子選擇的第一份打工工作是嚮導，而嚮導的工作結束後，他竟然又跑來酒館這裡送餐！

維克這孩子在搞什麼？他不是開勇者培訓館的嗎？小羅蘭這麼好的勇者苗子他竟然放手不管！簡直暴殄天物！

傑克暗自嘀咕，表面還是一副關懷孩子的神情。

「小羅蘭啊，你這邊的打工結束以後，應該就是去光輝之翼找你維克哥哥了吧？」傑克試探性詢問。

「沒有耶！」

羅蘭搖頭，從口袋中拿出他的打工行程記事本翻閱。

「乾爸先跟我約了，等餐館的打工結束了，我要去乾爸的金色閃耀商會打工，之後是去賈德森伯伯的秘釀藥劑店打工，然後是去魔女婆婆的尖帽子占卜屋打工，再來是去摩內爺爺的撿金尋人隊……最後才是去維克哥哥的光輝之翼勇者培訓館。」

羅蘭少年的人緣相當好，在他安排打工行程時，不少長輩都來跟他預約打工工作，讓羅蘭去他們店裡逛逛，而羅蘭也一一答應了。

「維克排最後？你這麼做，維克哥哥不會傷心嗎？」傑克挑眉問道。

「維克哥哥說，乾爸事先跟他討論過，這是他們達成共識以後的安排。」羅蘭笑著回道，似乎不覺得維克的回話有什麼問題。

傑克倒是聽出了言下之意。

事先討論、達成共識？

這不就是兩個人想要爭搶小羅蘭，又不想在小羅蘭面前表現出爭吵的模樣，所以才私下約了「討論」，然後在「討論」過程中，當兒子的爭論不過老狐狸爸爸，只能「被說服」了。

「嘖！當乾爸的跟兒子搶人，真不愧是奧德里奇。」

傑克低聲嘀咕，這音量不大不小，正好能讓羅蘭聽見，羅蘭茫然地眨眨眼，不明白傑克的意思。

「沒事。」傑克摸摸羅蘭的腦袋，「你這樣挺好的。」

單純、善良，對信任的人不設防，但是在外人面前直覺敏銳，機智靈巧，不會受騙上當。

這樣很好。

「羅蘭！有客人進來了，你接待一下！」麗娜朝他喊道。

她現在正在接待另一桌客人，沒辦法迎接剛進門的新顧客。

「好！」

羅蘭應了一聲，快步朝客人走去。

時間越接近中午，進入店內的客人越多，羅蘭和其他服務生忙得團團轉。

「我們是第一次來艾尼克斯勇者小鎮，聽說你們這裡出了很多勇者？可以跟我們推薦幾位嗎？」

在羅蘭送上餐點時，客人攔住了他。

「推薦勇者？」

羅蘭仔細地看了客人幾眼，發現這一桌的客人都很陌生，是外地來的客人。

注意到羅蘭的觀察，有著淡金髮色、容貌英俊的青年笑了笑。

「我們是喬邦尼勇者團，現在正在到處歷練，向各地的勇者學習……」

對方這麼說，羅蘭就了解了。

新成立的勇者團為了打響名號，除了接冒險者公會發布的任務之外，還可以到處挑戰其他勇者團，美其名是「學習」，實際上是踩著他人上位。

不過這種作法並不被人牴觸。

上門挑戰這種行為光明正大，比試也是在眾人的見證中進行，要是雙方的比賽精彩，還有可能雙雙揚名，是對雙方都好的事情。

「我們來這裡之前調查過，艾尼克斯勇者小鎮一共有三間勇者培訓館，分別是合森圖、魔龍和光輝之翼，每一間培訓館都有自己的勇者團，可以請你跟我們介紹一下他們的特點嗎？」

「好啊！」

羅蘭簡略地介紹了這三間勇者培訓館的風格，並說了他們所培訓出的知名明星勇者團隊。

「不過你們來的時間不湊巧，現在是他們最忙的時候，一般都不接受挑戰。」

「是嗎？那可真是可惜。」

「那我們不是白跑一趟了嗎？」

金髮青年和他的夥伴露出失望神色。

羅蘭歪了歪腦袋，有些納悶。

明明他們露出的表情是失望，可是為什麼他感受到的情緒是高興？

而且勇者招生季過後的兩、三個月是勇者培訓館最忙碌的時間，不接受挑戰，這個慣例大家應該都知道啊，他們怎麼會挑這個時間過來？

再說了，他們在過來之前不是已經先做過調查了嗎？這些都會寫在官網的公告裡啊，他們怎麼會不知道？難道是沒看見公告？

羅蘭將他的疑惑問了出來，金髮青年和他的夥伴尷尬地笑笑。

「原來還有公告啊，我那時候太激動了，沒仔細看……」

「是啊、是啊，我們就想著快點過來挑戰，沒注意公告……」

遺憾的話語說了一堆後，金髮青年和他的同伴又懷著希冀問道。

「請問這裡還有沒有其他勇者團？」

「我們的評級期在今年年底就到期了，需要找兩位勇者團挑戰，不然評級就會降等。」

「我們是B級勇者團，奮鬥了好幾年才好不容易升等，實在不想再掉回去了……」

說出團隊等級時，金髮青年和他的夥伴都露出得意和驕傲的神色，顯然很以這個等級為榮。

「B級啊？真不錯呢！」羅蘭嘴上誇讚，心底卻有些疑惑。

能夠晉升為B級的勇者團，實力應該不差，但是眼前這群人在他看來，實力其實都不強，屬於他可以一人單挑全團，並且輕鬆撂倒的那種。

如果是艾尼克斯勇者小鎮的勇者團，B級勇者團他只能單挑三分之一的對手而已。

外面的勇者團都這麼弱嗎？

羅蘭疑惑了一下，又自己否定了這樣的想法。

不對，不能隨便看輕人，或許他們不是靠戰鬥力取勝的團隊，也有可能他們隊伍的最強者現在不在這裡呢？

羅蘭自己找出了解釋。

他記得維克哥哥說過，勇者團跟單打獨鬥的勇者不一樣。

勇者看中的是個人實力，而勇者團偏向整個團隊的合作和營運。

簡言之，要是這個團隊的營運夠厲害，能夠將勇者團的名聲經營起來，又具有某些吸引人的特色，就算實力差了一點，那也還是能升級的。

「跟你們同等級的勇者團，鎮上有五個，分別是喬安朵、黑色太陽，暮色光芒、角力和赤色猛獸……不過他們現在都不在，都出任務去了。」

現在是冒險季的開端，他們鎮上的勇者團都是從現在開始忙碌的，要是沒有事先預約，實在很難找到人。

找不到B級團，就只能找A級挑戰了。

羅蘭回想著他知道的情報，接著說道：「A級勇者團的話，我們鎮上有三個，那邊的傑克叔叔就是A級勇者團團長，他們現在剛好是休假期間，你們想挑戰的話，可以現在就去約戰。」

根據勇者協會的規定，C級以上的勇者團需要進行挑戰賽，以維持自己的等級評定，挑戰次數沒有限制，但是有規定獲勝的次數。

像金髮青年他們的B級勇者團，就需要在兩年內拿下兩場同等級挑戰的勝利，否則評價就會降回C級。

而勇者團的挑戰除了跟同等級的競技之外，也可以跨一級挑戰，如果金髮青年他們向A級勇者團提出挑戰，那就只需要獲勝一次就能完成評級目標，不需要比賽兩次。

「A級啊……」金髮青年為難地看了傑克他們一眼，「沒有其他B級團了嗎？」

「沒了。」羅蘭搖頭。

艾尼克斯勇者小鎮只是「小鎮」，又不是勇者城、冒險城那樣的大城市，鎮上能夠有這麼多A級和B級勇者團已經很厲害啦！隔壁城鎮都沒有他們多！

偶爾遇到任務大爆發的高峰期時，隔壁城鎮都還要到他們這裡招募人手呢。

只可惜金髮青年他們的運氣不好，偏偏在勇者團忙碌的時候才想找人挑戰，當然就沒能派出人手給他們啦！

「這樣啊……」

金髮青年和他的同伴們笑得尷尬。

「那些B級團的任務要忙很久嗎？或許我們可以等等？」

「這個我也不知道，你們可以去他們的團隊問問。」

羅蘭就算消息再靈通，也不可能會知道人家團隊的內部行程。

「謝謝啊，我們再考慮考慮。」

「要是不行，那我們就只能去隔壁城鎮找找……」

「其實傑克叔叔他們人很好的，不會太刁難人。」羅蘭再度向他們推薦，熱心地說道：「只要你們展現出水準，他們就會讓你們通過了。」

並不是所有挑戰賽都要打生打死，很多勇者團的前輩都很提攜後進，只要挑戰者能夠表現出讓前輩認同的實力，前輩們通常都會放放水，讓對方過關。

所以羅蘭其實很不能理解，金髮青年他們既然約不到B級團，為什麼不考慮挑戰A級團？

雖然挑戰失敗的機率很大，但是就算輸了，也能向前輩們學習到很多啊！

如果他們獲得了前輩的賞識，前輩們還有可能在審核上為他們說幾句好話，這樣就算是挑戰失敗，他們的考評也不會被扣太多分數的。

在勇者小鎮氛圍中成長的羅蘭並不知道，並不是所有勇者團的人都喜歡挑戰，也不是所有想要成為勇者的人都敢於迎難而上，不畏懼失敗。

一部分朝著勇者明星方向培養的勇者團，他們是為了名利才成為勇者，而不是熱愛挑戰和冒險，他們遇到事情時，第一個衡量的是利益得失，而不是獲得學習經驗。

金髮青年他們就是明星勇者團的定位。

他們特地跑來艾尼克斯勇者小鎮，並不是因為「仰慕艾尼克斯勇者小鎮」才來，而是因為他們想要在挑戰賽中獲勝並增加名氣，可是又知道自己實力不足，這才想要在「曾經出名但是現在落魄了」的勇者小鎮中挑選對手。

挑出一個像他們這樣掛著B級團名號，實際戰鬥力只有C級的水貨。

他們以為，像艾尼克斯勇者小鎮這種老舊的勇者發跡地點，應該可以滿足他們的需求。

而在前來艾尼克斯勇者小鎮之前，他們也確實在勇者論壇、冒險者論壇和網路上調查過，確定這座小鎮的勇者團真的「不怎麼出名」，只需要避開那三間勇者培訓館即可，這才過來的。

誰知道來到這裡以後，除了開場避開勇者培訓館的計畫順利，之後的情況猶如脫韁野馬，完全不在他們的計畫之中！

在他們看來，沒有名氣的落魄B級團應該不忙碌，有充足的時間讓他們進行挑戰，所以他們只需要在來到這裡以後，向小鎮居民打聽有空閒的B級團進行挑戰即可。

結果那些B級團竟然都接了工作出門了！

為什麼會這樣？

在他們所處的星光勇者城裡，客戶都是挑S級和A級勇者團發任務，B級團只能選被挑剩的任務接洽，空閒行程很多。

為什麼這座小鎮的B級團會這麼受歡迎？

「小地方就是這樣……」

微笑著送走羅蘭後，金髮青年低聲嘀咕道。

肯定是因為艾尼克斯是小地方，任務量大但是傭金少，A級勇者團看不上，這才會發給B級團。

嗯，一定是這樣！

絕對不可能是因為B級團實力強大，發給B級團價廉物美、性價比高！

「現在怎麼辦？」

「還有其他團隊嗎？」

「布魯斯，我們要離開嗎？」

團員紛紛詢問著金髮青年。

艾尼克斯勇者小鎮是他們的首要挑戰目標，不過為了預防萬一，他們也有其他備選方案。

「方案二的小鎮離這裡有點遠，要是要換目標的話，最好明、後天就離開。」負責行程規劃的後勤團員附和道。

團裡的經費並不是很充足，他們租賃最便宜的地犀陸行獸行動，地犀陸行獸的身軀龐大、負重力強，除了載人之外還能背負許多行李，相對的，牠們的速度就會慢上許多，會有很多時間拖延在路途中。

雖然到年底還有半年左右，不過考慮到行進速度、物資補充、魔獸擋路等情況，他們的行程還是挺緊湊的。

「下午再跟其他人打聽打聽，晚上我們再來討論。」金髮青年遲疑了一會，這才下了決定。

羅蘭不知道這群人的想法，酒館很忙，現在又是午餐巔峰時間，一堆客人湧入，讓他和其他服務生忙得團團轉。

「小羅蘭啊！你打工歸打工，可千萬不要就真的放棄當勇者啊！」

吃飽喝足又喝了點酒的傑克，結帳離開時對羅蘭一直碎碎唸。

他沒醉，只是喝酒以後會激發他的話嘮屬性，讓他變得愛找人說話。

「你可是千百年來難得一見的勇者好苗子！資質比金斯還好！你是勇者界未來的希望！是眾人仰慕的光！你千萬不能走彎路，被那些莫名其妙的妖豔賤貨拐去了，知道嗎？」

「叔叔，你喝醉了。」羅蘭笑得尷尬，連忙架著他往外走。

羅蘭的身子骨還沒完全長成，身形纖細，卻能輕鬆地架起一個比他還要高壯的大漢，半摟半抱地帶著傑克走出店門。

年紀輕輕就有這樣的力量，難怪傑克會對他那麼「覬覦」，生怕這個好苗子被他那不著調的父親帶歪。

「小羅蘭乖啊，別聽你爸爸的話，好孩子不聽爸爸的話，乖乖啊……」

羅蘭將傑克交給他的夥伴，微笑著揮手。

「叔叔午安，叔叔再見。」

05

「歡迎光臨……啊、是你們啊！」

隔天中午，羅蘭又見到金髮青年一行人，他笑嘻嘻地將人迎入店內。

「你們有找到可以挑戰的團隊了嗎？」

羅蘭為他們送上水杯，關心地詢問。

「沒有，他們都很忙。」金髮青年面露苦笑。

金髮青年他們打探的結果就跟羅蘭說的差不多，那些能接受他們挑戰的B級團隊都外出工作了，兩、三個月內不會回來，沒辦法接受他們的挑戰。

反倒是A級團隊還有些空餘時間，可以跟他們打一場。

而那些A級團隊也確實像羅蘭說的一樣，很友善、很熱情、很願意鼎力相助、很願意幫他們忙，還說願意稍微放一些水讓他們過關……

看上去像是某種不懷好意的陷阱，可是金髮青年他們能夠感受到對方的真誠。

艾尼克斯勇者小鎮的勇者團不像他們那裡，團隊資料灌水、營造虛幻的人設、沒什麼本事還喜歡勾心鬥角，這裡的人都很務實，也很友善。

然而……

他們挑戰不了啊啊啊啊啊！

雖然金髮青年他們對外表現出很有自信的模樣，實際上他們對自己的實力很有自知之明，跟A級團隊打，就算對方放水放成了海洋，他們也還是打不贏！

天知道，金髮青年他們在婉拒那些A級團隊的「熱情幫助」時，心底有多麼尷尬，地板都要被他們的腳趾頭摳出個大洞來了！

羅蘭不清楚內情，只以為那些團隊都在忙，見金髮青年他們苦惱的模樣，也默默地為他們想辦法。

等到他再度為金髮青年他們送上餐點時，他終於有了新靈感。

「要是鎮上的勇者團都沒空，你們可以找駐紮在這裡的外地團隊問問。」

「外地團隊？是哪些團隊啊？」金髮青年聽到新的建議，連忙追問。

「我們這裡跟暮色森林、燃燒堡壘和尖叫峽谷離得很近，很多團隊要去這些地方的時候，都會在我們鎮上進行補給，結束任務回程途中也會在我們這裡休息，你們可以找他們問問。」

「回程，休養……」金髮青年喃喃複誦著這兩個字。

既然是任務結束的回程，勇者團成員當然是處於疲憊狀態，這時候去進行挑戰，他們的獲勝機率肯定提高不少！

「謝謝，我們等一下就去試試！」金髮青年瞬間變得興高采烈。

「那邊那桌客人就是已經完成任務，返程來我們這裡吃飯休息的喔！」羅蘭貼心地為他們提供最近的目標。

金髮青年等人順著羅蘭的指尖看去，本來只是想觀察挑戰目標，卻沒想到看見了「熟人」。

「竟然是他們！」

團員們咬牙切齒地瞪著對方，金髮青年的笑容也收斂了許多。

「呃？你們……是敵人？」

羅蘭感受到他們發散的厭惡情緒，不太確定地問道。

他所認定的「敵人」，應該是不死不休、見到對方就放殺氣、下殺手的那種，不過金髮青年他們雖然有憤怒、有厭惡，身上的殺氣卻很薄弱，還不到跟對方鬥得你死我活的程度。

「他們不是什麼好人，最喜歡踩著別人上位，別的團隊要是比他們有名，他們就會設陷阱、耍小手段陷害別人。」

團員甲氣沖沖地指責，其他團員也紛紛跟著控訴。

「他們跟人合作的時候，老是喜歡占人便宜，跟人交易買賣的時候也很黑心，不時就詐欺，你如果有認識的人要跟他們做生意，一定要小心！」

「我們團之前要晉級B級的時候，就是被皮特他們害了，他們踩著我們上位，順利晉級，我們卻要延後一年……」

晉級沒有名額限制，卻有考核時間限制，過了考核期，那就只能等明年再來。

「他們升級以後還一直打壓我們！搶我們的任務，故意模仿我們的人設，跟我們搶粉絲！」

「好笑的是，他們針對我們的原因是因為，我們跟他們同期成團，布魯斯的人氣比皮特高，搶了他們的人氣，他們就一直針對我們！」

「對啊！我們知道原因以後，真的是非常的……難以置信！」

「原來是這樣，你們可真慘。」

羅蘭能聽出他們話中的真實，知道對方說的是實話，而不是憤怒下的汙衊。

跟「敵人」同桌用餐的人羅蘭認識，那位大叔是鎮上做皮毛和皮甲生意的掮客，為人精明，對皮毛了解深厚，人脈廣泛。

以掮客大叔的精明，應該不至於被騙，但羅蘭還是想著晚一點要提醒掮客大叔，讓他注意買賣交易的情況。

要是對方的欺騙手法高明，說不定真被他蒙混過去呢？

掮客大叔靠著良好信譽才有現在的成就，可不能毀在這些人身上。

不過沒等羅蘭行動，金髮青年他們就搶先一步跑去找碴了。

「皮特，好久不見。」金髮青年定定地看著對方。

「原來是你們啊，布魯斯。」皮特慢條斯理地拿出手帕擦了擦嘴，「聽說你們為了維持等級，到處找團隊挑戰，我還以為你們會在星光勇者城找目標，沒想到你們竟然跑來這種貧窮的鄉下小鎮……」

皮特搖搖頭，露出一個嘲諷的笑容。

「嘖嘖！你們混得可真慘！」

「我們會變成這樣還不是因為你們！」

布魯斯的團員氣得滿臉通紅，恨不得上前痛毆對方一頓。

「要不是你讓那些勇者團隊毀約，拒絕我們的挑戰，我們怎麼會需要跑到外面來！」

布魯斯他們當然不是臨時抱佛腳，考核期要到了才開始找挑戰目標的。他們之前早就約好了星光勇者城的勇者團，決定了挑戰的時間和地點，也做好各種應戰的準備。

只是事到臨頭，那些團隊突然改口毀約，而其他勇者團也說有任務要忙，紛紛拒絕跟他們進行戰鬥，無可奈何之下，布魯斯他們只好往外找尋目標。

「是啊，我就是故意針對你們，誰叫你們無權無勢，可以任人欺負呢？」皮特揚起一個惡劣又囂張的笑容。

「你又有什麼本事？」

布魯斯的團員紛紛質問道。

「那些勇者團不過是怕你叔叔，不想得罪星光勇者公會副會長，這才給你一個面子……」

「就是說呀！又不是你自己厲害，囂張什麼啊！」

「對！我就是狐假虎威，那又怎麼樣？我就是有背景，就是比你厲害！只要你們不解散，以後我的團隊都會踩在你們頭上！」

皮特笑得猙獰，英俊的臉龐染上忌妒後，變得扭曲又醜陋。

「注意形象，皮特，你現在的表情要是被你的粉絲看見，肯定一堆小女生脫粉。」

布魯斯戲謔又嘲諷地提醒道。

「不就是我們跟你的團隊同期出道，搶了你們團隊的風采，而我又比你受歡迎，你就忌妒了這麼久，嘖嘖！器量真是狹小……」

布魯斯誇張地搖頭嘆息，故意激怒他。

跟皮特打交道這麼久，布魯斯早就摸清他的性格了。

「來約戰吧！我們挑戰你們團，要是我們輸了，我們就離開星光勇者城，要是你們輸了，那你以後不能再打壓我們。」

「就算不挑戰，我也能逼你們離開星光勇者城！」皮特自信滿滿的說道。

「怎麼？你怕了？」

「少來激將法這一招，我可不會上當。」

「那這招呢？」

布魯斯微笑著摘下胸前口袋的裝飾鈕扣，原來那是一個微型錄像機。

指尖輕點，剛才他們對峙的情況就被播放出來。

「要是我拿這段影片去勇者公會總部投訴，你覺得你叔叔還能繼續擔任他的副會長嗎？」

「你！」皮特眼瞳一縮，顯然被掐住了弱點。

他能有今天的成就，大部分都是靠著叔叔的支持才能達成，要是叔叔倒了，不只是他的勇者團會覆滅，就連他們家族的勢力也會被削減大半！

「你以為憑這麼一段影像就能威脅我叔叔？」

皮特虛張聲勢地瞇起眼睛，暗暗盤算著該怎麼毀了影像。

「我手上的證據當然不只這些。」布魯斯回以微笑，「從你開始打壓我的時候，我就一直在收集相關證據了。」

皮特磨了磨牙，最終還是接受布魯斯的挑戰。

跟布魯斯鬥了這麼久，他相當了解布魯斯，這個人看起來陽光爽朗，其實內裡就是一條陰險的毒蛇！

行動前隱忍潛藏，等有把握了就將對手一擊斃命！

他說自己掌握了很多證據，那肯定就是真的。

06

布魯斯團隊跟皮特團隊的約戰很快就在小鎮傳揚開來，小鎮居民甚至開了賭盤，賭這兩隊誰會勝利。

約戰的時間定在兩星期後，裁判由艾尼克斯勇者小鎮的培訓館派人擔任，約戰的場地是小鎮歷史悠久的鬥戰館。

屆時，皮特的團員已經獲得充分休息，布魯斯的團隊沒辦法在這方面占便宜。

不過布魯斯也不屑這麼做。

他還怕要是他們贏了以後，皮特他們會以「休息時間不足，傷勢還沒痊癒」賴掉戰鬥的勝負呢！

為了不讓皮特有耍賴的理由，布魯斯肯定會讓約戰的條件公平，堵上皮特脫逃的後路。

「需要幫忙嗎？」羅蘭問道。

「有。」

幾次的相處也讓布魯斯知道羅蘭的性格，知道他是真的好意，所以也不客氣要求。

「我想找培訓館租賃練習場地，最好有教練指點，但是我們手上的錢不多，所以……希望是能夠便宜一點的地方。」

想要跟皮特的團隊打，他們現在的水準還不行，需要臨陣磨槍地練一練。

只是為了避嫌，擔任評審的培訓館是不能去的。

在星光城，訓練的場地除了培訓館之外，還有其他館場可以選擇，可是艾尼克斯勇者小鎮並不是大城市，他們這裡的訓練場地就只有培訓館裡有。

皮特的團隊財大氣粗，直接搭乘自家的飛船前往隔壁小鎮進行訓練，布魯斯他們就沒辦法這麼做了。

「要訓練場啊！我知道了！」

羅蘭一下子就想到合適的地點。

他領著布魯斯他們來到一處老舊的屋舍前。

「這裡以前是勇者培訓館，後來克拉克爺爺老了，就把培訓館關了，不過裡面的器材都保養得很好喔！我小時候就是在這裡訓練的！」

照理說，羅蘭應該喊克拉克爺爺一聲老師，可是羅蘭覺得爺爺這個稱呼聽起來比較親近，便固執地不肯更改，克拉克也不是計較這種事情的人，就隨他去了。

「克拉克爺爺！我帶朋友過來了，他們想要租你這裡的場地！」

羅蘭大剌剌地推開半掩的大門，領著眾人走入。

隨著羅蘭的喊聲，屋內也有了動靜。

布魯斯他們以為會見到一名弓著身體、髮色灰白的老人家，沒想到走出屋子的卻是一位身材高大挺拔，肌肉勻稱結實，頭髮烏黑濃密，面色紅潤且沒什麼皺紋的中年人。

布魯斯還以為這位中年人是那位老爺爺的孩子，但是羅蘭的下一句話就打破了他的猜想。

「克拉克爺爺！我帶了約翰廚師做的燉肉過來了！這是荒蠻地龍肉喔！我特地去抓的！」

羅蘭從空間手環中取出一個半人高的大保溫鍋，笑嘻嘻的遞給克拉克。

從外型看來，這個大保溫鍋連同燉肉少說也有八、九十公斤重，分量十足，但是克拉克卻用一隻手就將鍋子接了過去，姿態相當輕鬆。

「小羅蘭啊？你來跟爺爺玩嗎？來，爺爺看你有沒有長高高！」

說著，克拉克爺爺就一手將羅蘭拎了起來，還像是秤量一樣的掂了掂。

「你怎麼比這鍋燉肉還輕？是不是都沒吃東西？」

克拉克爺爺皺著眉頭，衡量過羅蘭跟燉鍋的重量後，不太高興地將羅蘭放了下來。

「我吃很多了！」羅蘭無奈回道：「我還小，我還在長身體，以後會跟爺爺一樣強壯的！」

看著這一老一少的互動，布魯斯和他的團員都驚呆了。

雖然羅蘭的身材纖細，看起來不重，可是他怎麼說也是個十五歲的少年，就算是讓布魯斯來，也是需要雙手才能抱得動他，結果這位「爺爺」竟然可以單手拎，還拎的那麼輕鬆。

真是人不可貌相！

一瞬間，布魯斯和團員們都站直了身體，增添了幾分恭敬。

羅蘭跟克拉克爺爺說明來意後，克拉克爺爺領著他們來到訓練館。

「這裡的東西都是老傢伙了，保養得還行，你們要是覺得可以，那就留下。」

訓練館的器材確實有些年資了，金屬外殼都有不少撞擊過的凹痕、刮痕和修補痕跡，但也能看得出這些東西被保養得很好，運作功能都正常。

布魯斯等人查看一圈後，決定租賃。

「請問這裡的租金是多少？」

「租金就不用了，我不缺那點錢。」克拉克爺爺擺擺手，雲淡風輕說道。

布魯斯等人也清楚，克拉克爺爺是看在羅蘭的面子上才不跟他們收錢，紛紛向兩人表示感謝。

之後，布魯斯他們就開始進行密集的訓練。

他們甚至將租賃的房屋退了，吃睡都待在館場裡，幹勁十足。

克拉克爺爺在晨練過後，會到他們這裡逛逛，順便指點他們的缺點，羅蘭也會在下班後帶著酒館沒賣完的食物過來，讓他們當宵夜，還會被克拉克爺爺拉著，用「切磋」的名義讓他跟布魯斯團員對打。

嗯，羅蘭一個人對上他們整隊人的對打。

布魯斯他們一開始還會覺得震驚，覺得克拉克爺爺是在開玩笑，後來真的打過一場後……

嗯，艾尼克斯勇者小鎮真是臥虎藏龍啊！

「小羅蘭，你有沒有考慮當勇者？」

布魯斯心癢癢，想挖牆角。

要是羅蘭能加入他們團，他們就有一個真正的戰鬥主力了！

布魯斯願意退位，擔任智囊副手，輔佐羅蘭這個戰鬥勇者，他們兩人聯手出擊，肯定可以大殺四方！

「不想！」

羅蘭拒絕得斬釘截鐵，完全不給布魯斯機會。

「竟然……拒絕了……」

還拒絕的這麼乾脆俐落！

布魯斯摸著心口，四十五度角仰望著窗外藍天，哀傷著夢想才剛誕生就已經破碎。

突然間，一股冷意襲來，布魯斯打了個冷顫，感覺好像被什麼兇獸盯上了。

「快去練習吧！克拉克爺爺在瞪你了。」

羅蘭伸出指尖戳了戳他，小聲地提醒道。

布魯斯回頭望去，發現克拉克正用著不善的眼神瞪著他。

「我、我馬上去訓練！」

他連忙一溜煙地跑回團隊裡，藉由團員的身影擋住那銳利的注視。

「……竟然想挖走我的徒弟？看來是訓練太輕鬆了。」

克拉克爺爺冷笑著，心底默默將布魯斯的訓練量加大。

於是布魯斯過上了水深火熱的加重訓練生活，詢問原因，也只得到「你是隊長，還是團隊主力，當然要扛起重責！」的答案。

雖然這麼說沒錯，可是、然而、但是……

他是智慧型勇者，不是戰鬥型的啊啊啊！

在克拉克爺爺的魔鬼訓練之下，布魯斯跟皮特的約戰以強勢之姿碾壓，把皮特跟他的團隊打得落花流水，即使皮特從中耍計謀、做小動作，也無法贏過實力已經增強的他們。

「不可能！你們一定是作弊！」皮特氣得直跳腳。

「你的意思是我們收買了這些評審？」布魯斯用一種看傻子的眼神看著他，「願賭服輸，希望你遵守約定。」

「哼！你們給我等著！」

皮特領著團員掉頭就走，沒有給出承諾。

「他這樣……不像是會履行約定的樣子。」

羅蘭皺著眉頭，不能理解為什麼會有人違反約定。

「就算他毀約，我們能做的也只有將他叔叔的罪證交出，請總部進行審查。」布魯斯面露苦笑。

但是就算將罪證交出，皮特的叔叔也有各種方式可以逃脫，等到他安全了，就輪到布魯斯他們危險了。

「無論如何，還是很謝謝你們的幫助。」

布魯斯不想再去煩惱這些事情，他決定先把挑戰完成，之後走一步算一步。

反正最差的情況就是勇者團解散，他們幾個各分東西吧。

布魯斯等人收拾行囊，繼續踏上他們的旅程。

而皮特則是迅速返回星光城，想要將這件事情告知叔叔，卻得知他的叔叔被人舉報以權謀私、危害勇者團和貪汙受賄等罪名，目前已經被撤職調查。

他以為是布魯斯他們做的，卻從一位公會職員口中得知，提出調查並提供證據的人，是一位已經退隱多年，資歷極高、擁有顯赫權威、連總部高層也要對他畢恭畢敬的老前輩。

「到底是誰？」

皮特慌亂地結束通話，看著因為叔叔被撤職而變得亂哄哄的家裡，內心一陣茫然。

另一邊，星光勇者公會正因為副會長及其手下被撤職調查而忙亂，不過那都是調查隊的事情，他們這些底層職員只負責圍觀看戲。

而跟皮特透露消息的公會職員甲，正興沖沖地跟同事們聊天。

「布魯斯他們的運氣可真好，竟然可以在艾尼克斯勇者小鎮遇見那位前輩……」

「是啊，聽說不少聽到消息的人都跑去拜訪他了。」

「拜訪前輩做什麼？」

「想讓對方教自己的孩子啊！那位前輩可是相當厲害的老前輩，跟他同時代出道的勇者都被碾壓，而且他教出來的徒弟也是當代強者，戰魔五大天王聽說過沒？其中的兩位天王就是他的弟子！」

「這麼厲害！」

「可是老前輩都退休了，他還會收徒嗎？」

「老前輩有一個小徒弟，現在才十五歲！那些人就是聽說老前輩還有這麼小的徒弟，才想要去試試的。」

「真的假的？我記得那兩位天王現在都五、六十歲了，他們的年紀相差好多！」

「聽說是老前輩在退隱之後收的。」

「十五歲，那他差不多可以出道了吧？怎麼沒聽到消息？」

「誰知道呢？反正老前輩那麼厲害，教出的徒弟肯定不差，以後說不定就能聽到他的名聲了……」

眾人閒聊著，想像著小徒弟會有什麼樣的風姿。

而在酒館工作的羅蘭則是連續打了好幾個噴嚏。

「哈啾！哈啾、哈啾、哈啾……」

「怎麼？感冒了？」沃夫老闆關心地問。

「沒。」羅蘭揉揉鼻子，咧嘴笑開，「謝謝老闆這段時間的關照，我要去金色閃耀商會打工啦！」

「加油啊！」沃夫老闆摸摸他的腦袋，「玩夠了就趕緊出道，我等著當你的勇者粉絲呢！」

「欸……」羅蘭頓時垮下臉。

一想到克拉克爺爺拉著他「切磋」了好幾回，把他揍得渾身酸痛，還說等他準備出道時要再為他進行加強訓練，羅蘭就忍不住撇了撇嘴。

「當勇者太痛苦了，我才不要當勇者！」

第三章　金色閃耀商會打工日常

01

金色閃耀商會是艾尼克斯勇者小鎮上最大的商會，它在各個勇者聚集地都設有店鋪和交易點，不管是多麼危險的地方都能看見金色閃耀商會的蹤影，即使是人跡罕至、幾年甚至十幾年都見不到人影的地方，偶然路過的旅人依然能在金色閃耀商會的交易點獲得補給。

而在發達的大城市裡，金色閃耀商會卻藏匿在彎彎繞繞的巷弄裡頭，沒有人領路很難找到。

跟常規的商業模式完全背道而行。

金色閃耀商會的創始人曾經說過：「我開創商會，為的是那些冒險途中需要進行補給的勇者們，不是為了賺錢。」

然而，這個不是為了賺錢而開設的金色閃耀商會，卻是商業圈中的龐然大物，它獲得了眾多勇者和同行的尊敬，沒有人能夠撼動它的地位。

小鎮上的金色閃耀商會是一個三層樓的建築物，店內鑲嵌著大師布置的魔法陣，陣法的空間延展技術將商會的內部空間擴增成三倍大，還附加了傳送、防禦、警戒、地圖、鏡面螢幕等功能。

一早，天色微亮、小鎮居民大多還在睡覺的時候，運送貨物的運輸車隊就抵達了金色閃耀商會門口。

「大家早啊！」

車隊領隊笑嘻嘻的打招呼，聲音伴隨著吐出的白霧在空中散開，爽朗的精神面貌完全看不出長途奔波的疲憊。

「這趟行程很順利，貨物沒有丟失，請點收！」

「一路上辛苦你們了！先來喝碗熱湯吧！」

負責管理進貨的管事拿著清單上前，身後跟著的羅蘭等人提著湯壺、拿著大茶杯，為運輸隊送上熱騰騰的湯水，讓他們在微涼的早晨暖暖身體。

「店裡為大家準備了早餐，記得吃過飯再走。」管事笑呵呵地招呼道。

為運送貨物的車隊準備餐點，是金色閃耀商會的慣例，也是他們特有的體貼。

「哈哈，我早就等著吃這頓飯了！」

「你們商會準備的飯比外面賣的好吃，有沒有打算開餐廳啊？」

「要是開餐廳我一定每天去捧場！」

「謝謝誇獎，不過我們老闆沒打算搶餐館的生意。」管事笑著回道。

貨物很快就盤點完成，羅蘭和其他員工開始將貨物搬回倉庫。

「嘿咻！」

羅蘭輕輕鬆鬆地扛起一個半人高的大箱子，步履輕鬆地朝後頭的倉庫走去。

「喲呵？這個小傢伙很不錯啊！力氣這麼大！是戰士的好料子！」

車隊隊長目送羅蘭離去，十分欣賞地讚嘆道。

那箱子裡裝著魔獸的毛皮，重量有三百多公斤，就算是他們來搬都覺得吃力，需要兩個人抬，而這個少年竟然搬著箱子走得健步如飛、臉不紅氣不喘，真是厲害！

車隊隊長開始重點關注羅蘭，發現他每次都是挑重量重的貨物搬運，將那些輕巧的留給別人，相當體貼。

他每一次搬運的重量都在兩百公斤以上，來來回回多次，臉上一點汗都沒出。

一次搬運時，推著推車走在前面的人，因為推車車輪卡在地面的小凹洞中，動彈不得，羅蘭經過時，搬著箱子的上身不動如山，腳下輕輕巧巧地一勾，便俐落地將那推車的車輪勾了出來，動作靈活無比。

那舉重若輕的姿態，讓人相當驚豔！

「這小子不簡單啊，有練過吧！」車隊隊長跟身邊的管事說道：「讓他當雜工太浪費了，不如讓他來我們車隊吧！」

管事呵呵笑了兩聲，說出的話卻是，「你想都別想！」

「欸？你怎麼這樣！跟我們跑車隊雖然辛苦了點，可是錢賺得比雜工多！」

而且運輸車隊可比雜工有前途多了！

「羅蘭只是來打工的，他的未來不在這裡。」管事意有所指的說道：「他可是我們老闆相當看重的孩子！」

「……那真是可惜了。」

失去一個想要招攬的人才，車隊隊長略感遺憾，不過也沒有放在心上。

優秀的年輕人不少，他的運輸隊隊員也不差。

羅蘭不知道他打工的第一天就有人想要挖角，他跟同伴們將貨物放到倉庫裡後，就跟著眾人一起去商會的食堂吃早餐。

食堂的餐點是免費供應的，可以吃到飽，廚師的手藝也不錯，至少菜色都是合乎羅蘭口味的。

熱熱鬧鬧地吃完早餐，休息一會兒後，就到了金色閃耀商會開店營業的時間。

「三號區域的主要業務是收購貨物，像是中間商從外地收購了貨物來這裡販賣，或是冒險團、勇者團販賣他們的收穫……」

負責三號商場的管事領著羅蘭，一邊巡視商場的環境，一邊向他介紹道。

「一般來說，在這個區域工作的職員，至少要在店裡任職三年以上，並且具有基礎的鑑定水準，不過你的情況特殊……」管事笑著看了他一眼，「你從小就在商會玩耍，也在這裡學到很多，我們的鑑定師都很認可你，聽到你要來這裡打工，馬上就要我將你討過來。」

「是康特伯伯他們叫我過來的？他們之前還說，要是我沒有考到鑑定師執照，他們就不讓我來這裡打工呢！」

商會的老職員都是羅蘭的熟人，管事一說，他心底馬上就有了人選。

「技多不壓身，康特鑑定師他們也是為了你好。」管事笑道。

「我知道。」羅蘭點頭。

所以他也乖乖聽話，考取初級鑑定師的執照了。

「現在我跟你講解一遍工作流程……」

「講解什麼？這小子對這些東西比你還清楚！」

旁邊傳來不耐煩的聲音，打斷了管事的話。

「康特大師……」管事無奈看著他，「新人入職，按照規矩，我需要跟他解說工作流程。」

「行了、行了！就假裝你已經說過了！」

康特鑑定師一把抓住羅蘭的手，急匆匆說道。

「我那邊急著用人，這小子我就先帶走了！就這樣了！」

不等管事回應，康特鑑定師拉著羅蘭走得飛快。

羅蘭跟著康特來到他所屬的辦公室，裡面空間寬敞、窗明几淨。正中央的位置擺放著幾張大型的工作桌，牆邊立著幾個展示櫃，最內側的隔間是休息室，裡頭布置的像是小套房。

「來，這些都是要鑑定的，你來看看。」康特鑑定師指著放在桌上的一堆箱子說道。

看著箱子裡琳瑯滿目的物品，羅蘭面露懷疑。

「康特伯伯，這些該不會是你偷懶沒做的工作吧？」

這可不是羅蘭汙衊他，而是曾經發生過好幾回的事情！

康特身為鑑定師，每個月都需要完成一定數量的鑑定工作，可是康特不喜歡鑑定那些常見的、低等級的物品，總是會將那些枯燥的工作丟給羅蘭和鑑定師、實習生，自己只會在最後把把關，確定他們的鑑定沒有出錯。

還美其名是幫他們鍛鍊鑑定眼力水準，讓鑑定師跟實習生們對他相當感激。只有羅蘭看出康特隱藏的偷懶想法。

「胡說什麼！」康特鑑定師氣呼呼敲了一下他的腦袋，「我怎麼可能偷懶？我是要看看你有沒有把我教你的東西忘了！」

「……」

看著康特色厲內荏的模樣，羅蘭就知道，他心虛了。

不過他也沒有指出來，而是貼心地顧及長輩的臉面，開始進行鑑定。

02

箱子的東西又多又雜，等羅蘭全都鑑定分裝完成後，時間已經來到中午一點多，早上吃的東西都消化光了，他的肚子餓得慌。

「吃吧！」

康特很清楚羅蘭的情況，午餐時間一到，他就讓人送來了豐盛的餐點。

食物全都放在保溫盒裡，就算隔了一個多小時，拿出來的食物依舊如同剛剛烹煮出來的。

餓極了的羅蘭也不客氣，快步坐在桌前，也沒有拿餐具，徒手抓起烤雞腿，一口一隻地吃著。

烤雞腿是小棒腿，一般人大概要咬好幾口才能吃光，他卻是將整根雞腿放進嘴裡，嘴巴一抿，骨頭一抽，小棒腿的肉就吃得乾乾淨淨，簡直就像是變魔術一樣。

光速吃完一盤烤雞腿後，他端起湯麵，稀里呼嚕地吞嚥著，完全沒有咀嚼，像喝水一樣的喝著湯麵。

「吃慢點，別急，沒人跟你搶！」

康特皺著眉頭，真怕這小傢伙連碗盤也啃了。

喝光一碗湯麵的羅蘭，肚子裡稍微有點食物了，不再餓得慌，也就聽勸地放慢進食速度。

他一邊吃飯、一邊看康特檢查他的鑑定成果。

在這些鑑定物品之中，他只有一件東西拿捏不定。

而他也將那樣東西取出來放到一旁，等著詢問康特。

等到康特看完所有鑑定物品，羅蘭也將桌上的食物掃光了。

「康特伯伯，那是什麼東西？」

他指著自己特地放在一旁，用魔獸皮毛做成的披風。

光看外表，魔獸皮毛很像是白奶牛獸毛，那是一種性格溫馴的牛型魔獸，水草豐盛的大草原是牠們的棲息地。

白奶牛的肉質一般，但是牠們的奶水很好喝，蘊含豐富的營養和微弱能量，被用來當成老年人和幼兒的營養補給品。

羅蘭就是喝白奶牛的牛奶長大的。

白奶牛的皮毛柔軟厚實，經常被用來做成保暖衣物、地毯和座墊，用途極廣。

白奶牛是可以飼養的，艾尼克斯勇者小鎮上也有一間白奶牛畜牧場，所以牠們的皮毛價格不貴，是金色閃耀商會經常收購和販售的商品。

不過羅蘭卻覺得這件披風的氣息不太對勁，像是被人偽裝過。

「這是用迷夢獸的毛皮製作成的披風。」

康特檢查一番後，給出了答案。

「迷夢獸？是那個可以穿梭夢境，生存於迷霧和空間之中的魔獸？」

羅蘭很快就從記憶中找出迷夢獸的由來。

「嗯？你知道迷夢獸？是從哪裡聽說的？」

康特很訝異，他還想跟羅蘭好好炫耀一番這些知識，沒想到羅蘭直接破梗！

迷夢獸是一種稀罕的珍貴魔獸，它的存在很多人都不知道，就算是鑑定師也不是所有人都知曉。

康特能夠知道迷夢獸的事情，還是因為他有一個研究魔獸的學者好友，從他那裡得知一些珍奇魔獸的存在。

「小時候，我爸爸跟我說睡前故事的時候，有說到迷夢獸。」羅蘭回道。

因為那些睡前故事都很有趣，就算是不喜歡看書的羅蘭，也願意在聽過故事後，從父親的書櫃找相關書籍來看，所以他才會這麼清楚。

「你父親的故事是怎麼說的？」

康特知道羅蘭的父親是一位知識淵博的冒險者，只是沒想到羅蘭的父親涉獵那麼廣泛，連極其罕見的迷夢獸都知道。

「迷夢獸是很調皮、好奇心重的魔獸，牠們喜歡在各個夢境玩耍，會吃掉惡夢，給人們帶來美夢。」

羅蘭回憶著書籍上的紀錄，背誦著迷夢獸的情況。

「牠們的牙齒和皮毛具有祝福的作用，可以滋養靈魂，抵禦精神類的攻擊，牠們的爪子可以切割空間，牠們的血液是吸引邪惡的最佳誘餌。」

「研究靈魂的邪惡黑巫師會想要獵捕迷夢獸，跟惡魔締結契約的黑暗術士也喜歡用迷夢獸的血液進行召喚……」

「不過迷夢獸的血液、牙齒和皮毛等東西，如果不是迷夢獸自願贈送，而是被人殺害強取的話，這些東西就會染上詛咒，使用者將會遭遇不幸。」

說到這裡，羅蘭又仔細觀察了一下眼前的迷夢獸披風，用父親教導的檢測方法，檢查皮毛上有沒有沾染詛咒？

「這塊皮毛是迷夢獸成長蛻變時換下的，沒有詛咒，不過有人為施法遮掩的痕跡。」

他將檢測結果告知康特。

「收購的職員說，這件披風是一位常客拿來販賣的。那個人家裡曾經出過一位厲害的勇者，這件披風就是那位勇者祖先流傳下來的……」

那位常客的家族因為這位勇者祖先輝煌過，還獲得了貴族爵位，只是後代子孫不爭氣，不善經營，也不願吃苦，只懂得揮霍祖上留下的產業，到了常客這一代，就成了販賣祖先遺物維生的敗家子。

「負責收購的鑑定師以為這是一件白奶牛皮毛製作的尋常披風，因為披風內裡繪製著魔法陣，保養情況又很好，他就往上加了一些錢收購。」

雖然收購價比平常高一些，可是白奶牛披風跟迷夢獸披風可是天差地別的存在，價格至少相差千倍！

「雖然是鑑定師看走了眼，但也算是一次不錯的撿漏。」

康特已經將這件披風上報給老闆，老闆也決定將這件披風當成秋季拍賣會上的壓軸商品。

要不是為了考驗羅蘭的眼力，這件披風早就被放到保險庫裡嚴密保護了。

「看來你的鑑定水準沒有退步。」康特滿意地將一塊木牌遞給他，「以後你就是我這一組的鑑定師了。」

「這麼快就給我鑑定資格？你不怕我把鑑定工作搞砸了嗎？」

羅蘭嘴上表示詫異，手卻是飛快地將木牌接過。

木牌上有著商會的標誌圖樣和編號，其中短邊的一側還有像印章一樣的刻文，那是特殊的魔法印章，具有唯一性。

以後凡是羅蘭經手鑑定的物品，都需要在相關文件上用木牌的刻文用印，要是鑑定結果出了問題，不只羅蘭需要負起責任，康特身為羅蘭的上司和最後把關人，同樣也會被追究連帶責任。

康特在他上班第一天就將這塊木牌給他，是對羅蘭的極大信任！

不過傲嬌的康特可不會跟羅蘭說出這些溫情脈脈的話。

「你跟我學了那麼久，要是連這點鑑定水準都沒有，那還是早早辭職吧！」

康特走回自己的座位，隨意地對羅蘭擺擺手。

「行了，你可以去外面工作了，別在這裡偷懶。」

「知道啦！」

羅蘭也清楚康特的性格，笑嘻嘻地對他揮揮手，離開了康特的辦公室。

03

羅蘭坐在鑑定師專屬櫃台內，等著客人前來鑑定物品。

只是這裡負責的鑑定師實在是太多了，而且他的樣貌又年輕，一般顧客總是認為年長的鑑定師知識和經驗都會比年輕人好，都會選擇長相看起來老成的。

羅蘭的櫃台門可羅雀。

不過他也不著急，因為康特大師又讓人送了幾箱子的鑑定品給他。

有客人他就幫客人鑑定，沒客人他就鑑定那些物品，同樣也是忙碌得很。

「鑑定師，我這裡有寶物要鑑定。」

粗獷的嗓音響起，櫃台前站著一名虎背熊腰、肌肉壯碩的鬍鬚男。

他的手臂足足有羅蘭的大腿粗，兩人站在一起就像是肌肉猛男跟小孩。

鬍鬚猛男身旁還跟著幾名打手模樣的人，身材也都是極為粗壯。

第三章　金色閃耀商會打工日常

一般人看見這樣的一群人出現，怕是嚇得瑟縮在一旁，就如同羅蘭旁邊的鑑定師，但是羅蘭面對鬍鬚猛男等人卻是神色平常，臉上的笑容依舊燦爛。

「歡迎光臨金色閃耀商會！請將您要鑑定的物品放到盤子上。」

鑑定品不直接過鑑定師的手，而是由客人先放在淺盤子上，再將盤子放在櫃台的桌上，等物品放置妥當了，鑑定師從桌面取過鑑定盤進行鑑定。

這是規矩，也是對鑑定師的保障。

如果由客人直接遞給鑑定師，交接途中不小心摔了、毀損了，那可是有一百萬張嘴也說不清楚了！

「小子，你動作小一點，我這個寶物可是秘境裡面的寶貝！當初拉了兩百多人的大團隊一起去闖秘境，最後只有十個人活著出來！」

鬍鬚猛男粗聲粗氣的警告，並小心翼翼地將一個袋子放到鑑定盤上。

「大叔，您放心吧！我從事鑑定已經很多年了，看過的寶物可不少。」

羅蘭笑著戴上白手套，準備為他的第一位客人進行鑑定。

「嗤！」鬍鬚猛男不屑地冷笑，「小子，你少唬我，你看起來也只有十幾歲吧？這個年紀能夠看過多少好東西？」

「大叔要是不放心我，怎麼會將寶物拿來給我鑑定呢？」

羅蘭打開袋子，低頭端詳，嘴裡漫不經心地回道。

還不是因為你年輕，好騙。

鬍鬚猛男心底冷笑。

他可不是真的來鑑定的，是來詐欺的！

而那寶物也不是什麼秘境寶物，是他在路邊小攤隨便買的破爛貨，一堆零碎東西只要一百金幣。

不過他也沒有付那麼多錢，而是掐著小販的脖子說他詐騙，要揍他一頓，小販怕被揍，就用十金幣的價格給他了。

雖然這裡是金色閃耀商會，傳說中不能招惹的大勢力，但是這種大勢力最要面子，只要他能唬過眼前這個小子，就算商會吃虧上當，他們也拿他沒轍！

畢竟鑑定這行就是這樣，全看眼力，要是看走眼了、吃虧了，是你的鑑定水準不夠，只能吃下悶虧。

第三章　金色閃耀商會打工日常

心底想著接下來的詐騙方法，鬍鬚猛男嘴上說的卻是另一套。

「我懶得等，你這個櫃台沒人我就過來了，雖然不太信任你，不過金色閃耀商會的名號這麼響亮，我想你們也沒膽子唬弄我。」

頓了頓，鬍鬚猛男又狀似不放心地說道。

「要是被我發現你騙我，我就將這件事放到論壇上，讓大家給我評理！」

「大叔，放心吧！我們金色閃耀商會童叟無欺！絕對不會騙你的。」

說話當中，羅蘭也已經看完東西了。

「大叔，你這些東西雖然是秘境出產的，可都是不值錢的東西，像這獸牙……」

「你說什麼？不值錢？」

鬍鬚猛男情緒激動的打斷羅蘭說話，開始了他的表演。

「這些東西可是我跟兄弟們從秘境得到的，我們死了一百多人，你說它不值錢？之前我給其他鑑定師鑑定，他們都說我這些東西可以賣一百萬金幣！你最好給我解釋清楚，不然我絕對不會放過你！」

鬍鬚猛男湊近了櫃台，滿臉通紅的對著羅蘭吼叫，噴了他一臉口水。

「大叔，這獸牙確實不值錢，一來是因為它已經毀損了，魔性消失大半，二來是這魔獸是秘境中的低等級魔獸，數量非常多……」

「不可能！我不相信！你一定是在騙我！出來！你給我出來！」

鬍鬚猛男舉起砂鍋大的拳頭，用力揮打櫃台。

羅蘭挑了挑眉，依言起身走到櫃台外。

他才剛站定在鬍鬚猛男面前，就被揪住了領子。

鬍鬚猛男本想將他拎起，加大震懾的力度，結果卻發現他竟然提不動人！

羅蘭穩穩地站在原地，沒有絲毫挪動。

不可能啊！難道我踢到鐵板了？

鬍鬚猛男對上羅蘭平靜的目光時，頓時有些心虛。

「這位客人，請您冷靜一點……」

主管察覺到這邊的動靜，跟店裡的護衛一同過來。

見到主管出現，鬍鬚猛男連忙鬆開羅蘭的衣領，轉頭衝著主管咆哮。

「你們金色閃耀商會就是這種水準嗎？讓一個毛頭小子當鑑定師，把我從秘境裡獲得的寶貝當垃圾！這就是你們金色閃耀商會的鑑定水準？」

「我想這應該是有誤會……」主管打著圓場。

「誤會？臭小子，你敢不敢再把剛才的話，當著所有人的面再說一遍！」

鬍鬚猛男轉頭衝著羅蘭吼道。

「為什麼不敢？」

羅蘭撇著嘴，將他對獸牙的評價複述一次。

「你這些皮毛、獸牙看起來好像不常見，其實是經過了偽裝處理，偽裝的手段太過粗糙了，一看就能看出它是用獠牙野豬的牙改裝的！」

「獠牙野豬大家都知道，皮粗肉腥，非常難吃。牠的皮只能用來給學徒練手，製作最低等級的皮手套，豬肉根本沒人想要，一整頭獠牙野豬頂多賣出一、兩金幣，對冒險團來說，獵到獠牙野豬是賠錢虧損的，根本不會將這個垃圾特地帶回來……」

羅蘭言下之意很清楚，鬍鬚猛男全都是在說謊，這些東西不是秘境中的寶貝，而他也沒有經歷什麼九死一生的秘境冒險！

「你們聽聽！他竟然說我的寶貝是垃圾！你算什麼東西？自己鑑定不出來就說我的

寶貝是垃圾！這就是你們金色閃耀的態度嗎？」

鬍鬚猛男才不管羅蘭的暗示，反正他是打死不承認。

「你們說！這件事要怎麼解決？」鬍鬚猛男瞪著眼，質問著主管，「要是不跟我賠罪道歉，我今天就跟你們槓上了！我要告訴所有來這裡的客人，說你們欺負人！把寶貝當成垃圾！」

「怎麼解決？當然就是請客人拿著你的垃圾去其他地方賣了。」

聽到騷動出來查看的康特大師接口說道。

「這老頭又是誰啊？我跟他們說話有你插嘴的餘地嗎？」鬍鬚猛男臭著臉質問。

「跟客人介紹一下，這位是我們的鑑定大師。」主管微笑著回道：「他的評價在鑑定界和我們商會都有極大的公信力。」

「鑑定大師……」

鬍鬚猛男沒想到，這座小鎮竟然會有大師級人物坐鎮！

這樣的人物他可招惹不起。

只是他鬧成這樣，一時也不好收場，而且他現在真的缺錢，很需要撈一票。

拚一把吧！能被派到小鎮的鑑定大師，想來也不是什麼大人物。

鬍鬚猛男一咬牙，決定繼續鬧。

「就算是鑑定大師，也不能說我的寶物是垃圾！這明明就是我們從秘境裡面，千辛萬苦、九死一生帶出來的寶貝！」

「秘境裡的東西都是寶物？」康特大師不以為然地嗤笑，「那秘境裡的野草、秘境裡的石頭也都是寶物嗎？你如果喜歡這樣的寶物，我這裡有好幾箱，便宜賣你！」

像鬍鬚猛男這類混混他見多了，這種人就是想要訛詐，想要騙一筆錢！

高級詐欺犯會找來難以鑑定真偽的「造假寶物」，請求鑑定大師鑑定，並出示證明，將假貨變成真，翻手就能賺上幾十倍、幾百倍的錢！

而鬍鬚猛男的詐騙手段就是最低級的，隨便找樣東西就想要指鹿為馬，康特大師根本懶得跟他計較。

「羅蘭，把這群騙子扔出去。」康特大師對自家學生說道。

羅蘭走到鬍鬚猛男面前，本想揪住對方衣領，卻發現對手身高太高，揪不到，只好抓住他的腰帶，提氣一提，把人拎了起來。

「喂、喂喂！你要做什麼！」鬍鬚猛男慌了。

「你快把我放下來！不然我……」

一記手刀落下，鬍鬚猛男暈了。

「大哥！」

打手小弟們紛紛包圍住羅蘭，想要解救他們大哥，卻被羅蘭一拳一個秒揍暈了。

很好，世界安靜了。

04

撇開第一天的猛男大漢鬧事，羅蘭接下來的商會打工生活都很平淡。

賣家拿東西到金色閃耀商會販賣，大多已經知道物品的價值，會跑來鑑定區這裡再度進行鑑定，也只是想要跟商會抬抬價。

一件沒有鑑定證書的物品跟商會本身鑑定師鑑定過、有明確身分來歷的物品，自然是後者比較容易抬價議價。

而會拿到鑑定區的物品，其實都不是什麼稀罕貨色，真正的高檔貨會直接拿到鑑定師協會請大師進行鑑定，再由鑑定師協會開立證明。

——其實商會鑑定師和鑑定師協會開出的證明書規格和效力都是一樣的，可是世人就是認為，鑑定師協會開出的證明更加準確、更加高級、更加可靠。

這也就造成了，羅蘭在金色閃耀商會見到的鑑定品都是常見貨色，有時候甚至一天能夠鑑定到好幾把某某鍛造工坊所鍛造的武器，活像是在大批發一樣，這讓羅蘭有些小失望。

「還以為可以看到很多新奇的寶物……」

羅蘭打了個哈欠，滿臉無聊地鑑定著康特大師給他的「作業」。

每天鑑定兩到三箱的鑑定品，是羅蘭的工作常態，也是康特大師對他的培養。

同組的鑑定師也沒有羨慕他，因為他們也有同樣的「作業」要做。

聽到羅蘭的抱怨，同組的鑑定師笑了。

「我以前也跟你一樣，以為在商會當鑑定師可以看見很多稀奇古怪的鑑定品，結果來這邊工作以後才發現，看到的東西就是那些衣服、首飾、武器還有鍋碗瓢盆……」

鍋碗瓢盆類的鑑定物還真不少，這些都是具有歷史文物價值的古物，收藏者眾多，也是金色閃耀商會的主要經營項目之一。

「其實鑑定師協會也差不多。」另一名資歷較深的鑑定師說道：「我以前就是在鑑定師協會工作的，那邊的鑑定品比商會這邊更多、更繁雜，但是看來看去也就是那些東西，真正稀罕的寶物都是直接找上大師進行鑑定，我們這些底層人員根本見不到。」

「不過這也是很好的鍛鍊。」另一名鑑定師接口說道：「在大商會和鑑定師協會任職可以接觸各式各樣的鑑定品，鍛鍊知識、眼力和手感，累積經驗，其他地方可沒辦法這樣。」

不是所有鑑定師都能在大商會和鑑定師協會任職，也不是所有任職者都能夠被安排到第一線，面對各種鑑定品，更多的是替其他鑑定師打雜和擔任助理，上手的機會少之又少。

「我有一些同學跑去當資深鑑定師的助理，他們原本以為可以從那些資深鑑定師身上學到東西，結果都只是被當成打雜工使喚，連摸到鑑定品的機會都很少，還不如我們這些在商會做鑑定的。」

鑑定是一門高深又複雜的學問，鑑定師除了要有廣博的知識之外，還需要有眼力、手感、細膩的判斷力，以及經常接觸到真品的經歷，缺一不可。

空有知識卻從來不曾觸碰過真品，無法實際體會真品的氣味、觸感和輪廓，遇到高水準仿製品時容易被蒙騙，做不出正確有效的鑑定。

「我們商會其實挺好的。」金髮鑑定師說道：「有些地方根本不會讓初級鑑定師上櫃台，只能在後方摸摸碎片、修復低等級的殘骸練練手，可是在金色閃耀工作，除了可以上櫃台之外，每隔兩三年還能夠輪換工作地點，見識見識其他區域的鑑定品……」

不同的區域有著不同的人文環境，推崇的、喜愛的鑑定品自然也不一樣。

就拿艾尼克斯勇者小鎮來說，這裡是勇者發跡之地，當地居民喜歡勇者相關的事物，往來流通的鑑定品和寶物也是以勇者相關物品為大宗。

而跟艾尼克斯勇者小鎮隔了一座山的地區，那裡同樣有著勇者小鎮，但是因為該地區還有一座大秘境，所以那個區域盛行的鑑定品就是從大秘境流出的物品了。

除此之外，還有與精靈國度相鄰的城鎮，跟獸人國度相鄰的城市，跟地精相鄰的區域等等，這些地區的鑑定物都會因為人文地理環境而有所不同。

也因為這樣，沒有一位鑑定師敢說自己能夠鑑定所有鑑定品，就算是鑑定大師，也只敢誇耀自己對某某地區的某類型鑑定品專精，沒人敢把話說得太大，怕被打臉。

「你好，我有東西想要鑑定。」

羅蘭的櫃台前，站著一對腰間掛著槍、手上提著包裹的年輕姊妹。

姊妹倆的容貌秀美，年紀約莫二十出頭，身上的衣服是近兩年流行的勇者獵裝，衣服的質料不錯，即使經過多次戰鬥和刷洗也沒有褪色變形。

「客人好，請問要鑑定什麼？」

羅蘭放下正在鑑定的物品，擦了擦手上的灰塵，上前招呼道。

「我們團隊在秘境裡找到一些東西……」

姊姊將包裹往櫃台上一放，主動打開包裹，取出裡頭的物品，很快就將鑑定盤堆滿了。

鑑定品是一堆青銅色、帶著鏽斑的武器殘骸和一些石質碎片。

羅蘭戴上手套，開始將這些鑑定品一個個分類出來，同類型的堆放在一起，很快就分出了四個小堆。

「這堆是石碑碎片，大概占了完整石碑體積的十分之一。」

羅蘭指著體積最大、數量最多的鑑定品堆說道。

「因為太過零碎，而且帶有訊息的部位不多，大多都是邊邊角角的空白碎片，所以只能給出這樣的價碼……」

羅蘭在計算機上按了幾下，給出一個數字。

這個價位跟姊妹倆事前的預估差不多，兩人點點頭，認可了這個價位。

「這堆是青銅器的碎片。」

羅蘭指著體積比石碑堆少一半的鑑定品說道。

「時代還不能確定，需要專業儀器進行評估，估價也要等到時代評估後才能給出。」

聽到是青銅器，姊妹倆臉上浮現笑容。

雖然準確的時代還沒劃分出來，但不管是哪個時代的青銅器，價格都不低，夠抵銷他們這次出團的費用了！

「這堆是石質器，同樣也需要專門的儀器進行時代評斷。」

秘境裡頭的石質器跟外界的石器可不一樣，秘境裡頭所用的石材，都是稀罕的、帶有屬性的特殊礦石，不是一般礦物，是製作魔法武器、繪製魔法陣和煉金的上等材料，價值遠在青銅器之上。

聽到是石質器，姊妹倆的眼睛一亮，連忙發訊息告訴自家團長，讓他決定該怎麼處置。

她們兩人在團裡負責後勤工作和中、低價位的貨物買賣，而高級貨品則是由團長負責找尋買家。

青銅器的買賣可以由她們兩人全權處理，但石質器等級的就要團長出面了。

她們帶這些東西過來之前，團長已經請鑑定師做過一次篩選，本以為這堆東西只是石碑和青銅器，卻沒想到眼前這位年輕鑑定師分成了四小堆物品，還從原本以為是石碑碎片的殘片裡頭找出石質器！

也不曉得是這位年輕鑑定師出錯，還是他們團聘請的鑑定師水準不夠。

不過也沒關係，儀器判定的速度很快，等到結果出爐就知道情況了。

不一會兒，團長抵達商會，而儀器的年代斷定結果也出爐了。

「恭喜，這些青銅器和石質器都是諸神時代的產物……」

主管拿著報告，笑盈盈地請團長到貴賓室討論接下來的交易。

「等等。」

在他們離去之前，羅蘭叫住了他們。

「這堆……」

羅蘭遲疑地指著最小的一堆鑑定品，那裡只有三塊顏色不同、看起來像是黏土的土塊。

「我從這三件鑑定品上感受到元素氣息，它們應該是在元素濃郁的區域挖出的，只是它們的分量太少，我不能確定它們的價值……」

「那些只是我們採集魔植時帶出的土塊，沒有價值，直接丟了吧！」

團長笑著揮揮手，頭也不回地跟著主管離開了。

「……沒有價值？」

羅蘭皺著眉頭，看著土塊嘀咕。

他的直覺和感受到的元素波動告訴他，這些土塊不一般。

「怎麼了？」康特大師看著羅蘭對著土塊發呆，不解地詢問。

羅蘭將自己的想法告訴了康特大師，康特哈哈一笑。

「這有什麼好苦惱的？直接做個檢測不就知道了嗎？」

於是，康特大師以自己的名義對這些土塊進行了各種測試項目，其他人聽說了這件事，礙於康特大師的身分，也沒敢說他們浪費資源，胡搞瞎玩。

當結果出爐時，眾人都驚呆了，那些土塊裡竟然有十幾隻稀罕又珍貴的元素螞蟻！

元素螞蟻以礦石為食，牠們吃進礦石後，會在體內將礦石成分進行淬鍊，而後吐出淬鍊後的元素液，並用元素液建構螞蟻窩。

元素液是最精純、最溫和的能量，廣受眾人的追求和喜愛。

而元素螞蟻更是可遇不可求的存在，牠們具有隱匿的天賦，儀器檢測不出牠們跟普通螞蟻的區別，只有在牠們吐出元素液的時候才會發現牠們的特殊性。

這次能夠發現牠們就是元素螞蟻，也是因為在檢測土塊時，有隻螞蟻吐出了元素液，驚動了檢測儀器和職員，經過多次的測試和觀察，這才確定了這批元素螞蟻的身分！

這項消息很快就被商會封鎖，元素螞蟻被帶到專門的地方進行培育，而羅蘭和康特大師也在私下獲得了商會的獎勵。

05

元素螞蟻算是被金色閃耀商會撿到寶。據說那些元素螞蟻現在被養的很好，各種屬性的高級礦物隨牠們吃，每隻元素螞蟻都長得黑黑壯壯，而且還有一隻螞蟻進化成蟻后，讓這十幾隻元素螞蟻成了真正的族群，不用擔心缺少繁衍的環節而滅亡。

金色閃耀商會因為這群元素螞蟻的存在，每個月都能夠匯聚五到七滴的元素液。

可別小看這五到七滴，在拍賣場上，一滴元素液就能賣上百萬金幣的高價！而且還是需求大於供給。

當元素液首次在拍賣會上亮相後，幾乎每天都有大人物聯繫商會，希望金色閃耀商會下次再找到這樣的好東西時，能夠私下通知他們，不要拿出來拍賣，他們保證錢會給得充足，絕對不壓價！

「……所以說啊，不要因為那只是平平無奇的土塊，你們就忽略它，很有可能它藏有極高的價值！」

一早，康特大師就召集了眾人，得意洋洋地發表著演講。

他知道，當他將土塊送去檢測的時候，有不少人在背後說壞話，說他老糊塗了，竟然連土塊也想檢測！簡直是浪費資源！

就算金色閃耀商會財大氣粗，也不能這樣搞啊。

也有人說康特大師太過偏心羅蘭，連這麼荒謬的事情也同意他去做，簡直是老糊塗了。

聽到流言時，可把康特大師氣得不行！

「我是那種人嗎？我是因為發現那土塊不對勁，所以才想要檢測看看！」

康特大師痛心疾首的斥責，一臉「你們都誤解我」的悲憤。

「我們做鑑定師的，絕對不能夠太過自大，不要用『我以為』、『我認為』、『我覺得』去看待鑑定品，要用懷疑的想法去判斷、用審視的心態去分析！」

「遇到需要儀器鑑定的東西，就去鑑定一下，雖然會耗費一點時間和資源，但是用儀器檢測總比一切都模模糊糊，自己在那邊臆測、推測、猜測還要好！」

「我們商會很大方，你只要填個檢測申請書就可以送去檢驗了，不會像其他商會，做個檢測還小氣巴拉的，送了申請文件還要經過層層審核，有的甚至還規定一個月的檢測次數不能超過多少多少次，嘖！」

康特大師撇撇嘴，對那些吝嗇的商會很看不上眼。

話鋒一轉，康特大師又道：「不過儀器檢測也不是萬能的，現在的仿冒手法層出不窮，一個比一個高明，有些甚至能夠騙過儀器！這個時候我們要怎麼辦呢？你們說說！」

康特大師停頓住話語，等著眾人回覆。

「呃……」恰好對上康特大師視線的中級鑑定師，扯了扯嘴角，「先用自己的經驗判斷，再用不同種類的儀器進行交叉比對？」

康特大師「嗯」了一聲，沒說對或者不對，而是看向下一個人。

「我贊成約克鑑定師的話，我也會用一樣的步驟處理。」

金髮鑑定師附和了一句，又接著補充道。

「除了儀器鑑定之外，我還會找其他鑑定師一同進行鑑定。」

「對！多找幾個人一起檢查，比較不容易出錯！」年輕的初級鑑定師點頭附和。

對於他們的回答，康特大師都沒有給出反應。

一個個鑑定師講完後，就剩下羅蘭還沒給出答案。

「我靠直覺！」羅蘭說得理直氣壯。

「……」

康特大師的嘴角微抽，要是換成其他人，他早就破口大罵了，只是羅蘭這小子……

「這個方法也只有你能用！」康特大師吐嘈道。

轉過頭，康特大師不忘對其他人叮囑。

「你們別學他啊！經驗豐富的鑑定師，確實有『直覺』這樣的說法，他們接觸的真品多，遇到高仿品時，即使檢查不出東西的來歷，但是他們多年積累的經驗，會形成直覺告訴他們『這個東西不對！』，不過這種判斷方法只限於大師等級，不到大師等級的，你們都別瞎搞！」

雖然也有極少數像羅蘭這種具有天賦，可以憑藉直覺行動的天才鑑定師，但是少數中的極少數，他們的經驗完全不能作為學習依據。

「行了！商會開門了，你們去工作吧！」

康特大師揮揮手，結束了這場晨間演講。

眾人頓時鬆了口氣，快步回到自己的崗位。

工作一天下來，羅蘭接待了八位客人，數量看起來不多，其實這個數字已經是他進入商會打工以來的最高人數了。

就在時間接近下班，羅蘭正在心底盤算著等一下晚餐要吃些什麼時，又有客人過來了。

「泥好啊！窩要埋東西！」

一名樣貌英俊、藍髮黑瞳的青年站在櫃台前，說話帶著濃濃的異族口音。

藍髮青年穿著一身貴族流行的獵裝，身上配戴許多珠寶和黃金飾品，像是個喜愛炫耀的暴發戶，但是他的膚色卻是健康、漂亮的古銅色，不是貴族圈流行的蒼白，身材更是高挑挺拔，肌肉結實健美，內裡蘊含著強大的力量，比起貴族的優雅纖細，他更像是野蠻尚武的鬥士。

這個人一站到羅蘭的櫃台前，羅蘭就像是炸毛的小獅子，全身的寒毛直立，宛如遇到了恐怖的天敵！

「憋怕、憋怕！窩不吃人。」

英俊青年燦爛地咧嘴一笑，說著不曉得是安撫還是恐嚇的話。

「泥要間丁什麼？」

羅蘭瞪著眼，強自鎮定情緒，開口時卻發現喉嚨發乾，聲音緊巴巴的，發音也不標準，直接被對方帶歪了！

他連忙拿起水杯灌下幾口，乾咳幾聲，讓自己的音調恢復。

「你要鑑定什麼？」

「窩要埋東西！這個！這個！」

藍髮青年手一揮，鑑定盤上就多出了許多物品。有毛皮、武器、獸骨獸牙等物。

「窩聽說，泥們埋東西，給錢。窩，沒錢惹！」

「你要賣東西換錢？好，請稍等。」

羅蘭動作迅速地開始鑑定。

「這些東西的品質都相當不錯，但是因為收取材料的過程太過粗暴，像這塊黑鱗亞龍皮，要是能夠完整取下，就可以用它製作全套的鱗甲，我們會以一百三十萬的價格收購，但是您的黑鱗亞龍皮被撕得破破爛爛，製作的時候需要割除破爛的部分，不能用來製作大型鱗甲，只能做幾塊小護甲，價格就低了許多，只能用三分之一的價格收購。」

「這些斷裂的獸骨，要是您能夠保持它的完整性，收購價格會比較高，現在只能用這個價格收購……」

「這堆武器的刃口需要修復，不過狀態倒是很完整，可以用這個價格收購……」

羅蘭在計算機上按了幾下，得出一個總結的金額。

「這些東西，我們會以三百八十七萬收購，您覺得如何？」

「行啊！」藍髮青年應得爽快。

反正這些東西是他狩獵時得到的附加物，能夠賣錢就行。

「您的錢要存在銀行卡裡頭還是直接提領？」羅蘭問道。

「直接給窩吧！」

羅蘭便將好幾袋金幣放到櫃台上，讓藍髮青年收進他的空間裡頭。

「對了，泥知道艾尼克斯小鎮的沃夫嗎？窩是他的朋友，來找他玩！」藍髮青年笑嘻嘻地問道。

「沃夫老闆？」

羅蘭狐疑地打量他一眼，這人的年紀跟沃夫老闆相差太多，不太像是朋友。

「你叫什麼名字？」

「扎拉德！窩叫做扎拉德！」藍髮青年挺起胸膛，「窩跟沃夫約定好了，等窩成年就來找他，沃夫有提過窩的名字嗎？」

「……」

羅蘭想起酒館的店名和創建故事，抿了抿嘴。

「沃夫老闆開了一間酒館，叫做『沃夫與扎拉德』，就在小鎮廣場附近，你出了商會大門，右轉直走就會看到。」

其餘的，他沒有多說。

即使要解釋，也該是現任的沃夫老闆向他進行說明。

「好喔！謝謝泥！窩走啦！」

扎拉德開開心心地轉身離去。

第四章　秘釀藥劑店打工日常

01

扎拉德在沃夫與扎拉德酒館遭遇了什麼，羅蘭並不清楚，他只知道，當天晚上，小鎮外的魔獸森林傳出嗷嗷叫的龍嚎聲，聲音響徹雲霄，驚醒了不少人。

那龍嚎不是尋常的吼叫，而是帶著啜泣的尾音，像是一頭巨龍正在嚎啕大哭。

原本想去魔獸森林查探情況的羅蘭，聽出嚎叫聲裡頭的情緒後，壓下被吵醒的火氣，將被子一捲，整個人埋進棉被裡頭睡覺。

哭聲和嚎叫聲接連持續了幾個晚上，之後哭號聲漸漸小了，巨龍似乎想開了。

沒等羅蘭和小鎮居民鬆口氣，這天晚上，哭號聲變成了震天的打呼聲，氣得十幾天都沒睡好的羅蘭想去找那頭蠢龍單挑！

他原本還想體諒對方，想著扎拉德失去朋友，悲傷難過，讓他發洩發洩也好，可是也不能每天晚上都在吵人啊！

哭就算了，還打呼？

打呼聲還那麼大！知不知道這樣很擾民啊！

羅蘭的家位於小鎮靠近森林的位置，巨龍的哭號聲在他聽來就像是在耳邊敲鑼打鼓，震耳欲聾！

要不是打不過那頭龍，他真想衝進魔獸森林去打一架！

不過沒關係，他打不過，總有人有辦法治他！

羅蘭找上了自家老師，跟他老人家一頓委委屈屈的哭訴。

「克拉克爺爺，你看看，我的黑眼圈都變得這麼大、這麼黑了！」

羅蘭指著臉上的黑眼圈，可憐巴巴地展示著。

「那頭龍真的太可惡了，打呼打得那麼大聲，半個小鎮的人都被他吵得不能睡覺，實在是太可惡了！」

「克拉克爺爺，我覺得我們不能姑息他，必須要教教他規矩！讓他知道不可以在人家睡覺的時候吵人！」

克拉克爺爺斜睨他一眼，不以為然地冷笑。

「說了這麼多，你怎麼不去打？」

「我打不過啊！」羅蘭回得理直氣壯，「等我以後變厲害了，我就自己去打，不會讓克拉克爺爺辛苦了。」

「要我出手也行，之後我給你的訓練任務，你要給我老老實實的做，不能偷懶！」克拉克爺爺提出條件。

「我沒有偷懶啊，我都有按照你的指示去做，我……」

克拉克爺爺銳利的視線掃來，羅蘭的辯解都給嚥了回去。

「我會努力的。」

羅蘭乖乖點頭，心底卻是暗暗腹誹。

我都有按照任務指示完成啊，只是中途會不小心拐去玩一下下……就只有玩一下下而已！

誰叫克拉克爺爺發的任務都那麼無聊，不是打魔獸就是抓鳥、捕魚，要不就是打石頭山、砍樹木、挖地、鋸木頭……

要是讓克拉克爺爺知道羅蘭的心底話，肯定會忍不住敲他腦袋。

不努力突破自己的極限也就罷了，還中途跑去玩，這樣對嗎？

別看那些訓練簡單，那些可是他多年來的鍛鍊心得！用最簡單的方式達到訓練成果的最大化！

別人捧著大把金銀珠寶求克拉克培訓，他都懶得理會，這小子竟然嫌棄成這樣？簡直欠揍！

克拉克爺爺早就想要好好訓練羅蘭了，只是以前一直找不到藉口，這次羅蘭自己求上門，他當然不會輕易地放過這小子。

羅蘭可是一塊優秀的勇者料子，可不能任由他浪費天賦！

當天晚上，克拉克爺爺在羅蘭的陪同下，跑去魔物森林教訓了那頭吵人的龍，把睡得打呼的龍給痛揍一頓！

在克拉克爺爺毆打龍的時候，羅蘭笑嘻嘻地撿拾脫落的龍鱗、龍血和龍涎。

「你撿那些東西做什麼？」

「這些都是很好的藥劑材料，我明天就要去賈德森伯伯的秘釀藥劑店打工了，剛好給他帶禮物過去！」

「呵，讓我出力，結果好處都給了賈小子？」克拉克爺爺不滿地瞪著羅蘭。

「你又不會製作藥劑，這些東西你收著也沒用啊！」

「誰說沒用？我難道不能當收藏品嗎？」

「你又沒有收藏的嗜好……」

「哼！」

克拉克爺爺不滿了，克拉克爺爺不高興了，克拉克爺爺不想理羅蘭了。

羅蘭不明白為什麼克拉克爺爺又生氣了，不過他還是安撫著氣呼呼的老人家。

「克拉克爺爺的身體不舒服嗎？那我明天跟賈德森伯伯拿調養身體的藥劑給你。」

話鋒一轉，羅蘭又叨唸起來，「就跟你說要多吃一點，不要挑食，你每次都挑食，要多吃東西身體才會強壯，明天我請約翰廚師燉肉給你吃……」

在羅蘭單純的想法中，想要身體健康，就要吃得多，還要多吃肉。

聽著羅蘭的關心，克拉克爺爺的臉色這才好轉一些。

「我身體沒事。你讓賈小子做一瓶治療藥劑給這頭龍就行了。」

「好！」

「這小子我帶回去了。」

雖然揍了扎拉德一頓，克拉克爺爺也不可能放任受傷、昏迷的他待在森林裡不管。

龍族雖然強大，但因為他們一身是寶，也是眾多生命覬覦的目標。

魔獸森林的深處可是有著兇惡的存在，要是因為這點傷勢而讓扎拉德有什麼閃失，那克拉克爺爺甚至是小鎮居民就要面臨整個龍族的追殺了！

在扎拉德養好傷之前，他都必須待在克拉克爺爺的住處。

這是監視，也是庇護。

羅蘭不清楚內情，只以為克拉克爺爺是想要盯著扎拉德，讓他別再打呼了。

他愉快地幫克拉克爺爺將扎拉德搬到爺爺的住所，而後回家睡覺。

隔天早上，睡眠充足的羅蘭精神奕奕地前往秘釀藥劑店打工。

艾尼克斯勇者小鎮上有兩間藥劑店，一間是大型連鎖藥劑公司設於小鎮的分店，店鋪空間寬敞、窗明几淨，裝潢大氣又漂亮，許多外地來的旅客都會選擇到連鎖藥劑店購買藥劑。

另一間就是賈德森伯伯的秘釀藥劑店了。

賈德森伯伯的秘釀藥劑店隱藏於巷弄裡，店鋪的門面不大，僅只有大型藥劑連鎖店的一半規模，店裡頭陳列著琳瑯滿目的藥材和藥劑，木製的陳列架看起來相當有歷史感，古樸陳舊，相較於寬敞明亮的藥劑連鎖店，秘釀藥劑店更像是一間光線昏暗而且年代悠久的雜貨鋪。

然而，小鎮的本地居民和資歷深的外地傭兵團，都會選擇來秘釀藥劑店採購藥劑，而不是去那間藥劑連鎖店。

羅蘭來到秘釀藥劑店時，已經有早起的雇傭兵在店裡進行採買，試圖跟店員砍價。

「……我都買這麼多了，總該打個折吧！」

「行吧！我給你打九七折！」店員林森一臉心疼的回道。

「九七……」雇傭兵嘴角微抽，這點折扣算什麼打折啊！

「再多一點吧！我們是老顧客，又不是新客人。我每次來都來關照你們的生意，都不去古利柏……」

古利柏就是那間大型藥劑連鎖店的名字，各大城市都能見到他們的店鋪。

「我們家的藥劑比古利柏好，來我們這裡買很正常。」林森露出憨厚的微笑。

「……」雇傭兵被噎了一下，又不能說林森說得不對。

秘釀藥劑店的藥劑效果確實比古利柏優秀，所以他才會選擇來這裡採購。

「欸？羅蘭，你來啦！站在門口幹嘛？快進來！」

林森見到站在門口的羅蘭，笑著跟他打招呼。

「林森哥，早安。」羅蘭笑著走向他，「賈德森伯伯在後院嗎？我有東西要給他。」

「老師昨天在研究一款新型藥劑，很晚才睡，大概中午才會起床。你帶了什麼東西過來？」

「帶了一些藥劑材料……」

因為有外人在場，羅蘭沒有說得太過詳細。

林森會意的點頭，轉頭給雇傭兵打了折，迅速完成交易後，催促對方離開。

像這種「趕客」的行為，也只有在秘釀藥劑店才能見到了。

02

「你帶了什麼材料過來？」

客人一走，林森隨即詢問羅蘭，想要觀看他帶來的材料。

羅蘭雖然年紀小，卻因為有著優秀的戰鬥力和莫名的親和力，可以隨意出入那座恐怖的魔獸森林，獲取裡頭的珍貴材料。

在羅蘭開始學習採藥後，林森和他的老師就從羅蘭這裡得到不少魔獸森林獨有的藥材，熬煮出許多特殊藥劑。

「一些龍鱗、龍血和龍涎。」

羅蘭拿出幾個瓶子，裡頭分門別類地裝著材料。

「好東西啊！」

林森雙眼發光地看著那些寶貝，恨不得直接將這些材料收入囊中。

「昨晚的龍是你打的？」

「不……」

「打得好！我早就想打他了！要不是打不過，我早就把那頭龍抓來熬藥了！」

林森說得義憤填膺，也不曉得是因為被龍吵得半夜無法睡覺而生氣，還是純粹只是沒能將對方當成藥劑材料而憤怒。

羅蘭覺得是後者。

林森拿起材料瓶，逐一觀察裡頭的材料數量和品質。

「品質都很不錯。」他滿意的點頭，「全都是給老師的？沒有給我的？」

嘴巴一扁，林森委屈地看著羅蘭。

「小羅蘭啊，我們也是好朋友，你怎麼可以忘了我的禮物呢？虧我對你那麼好，每次研究出新藥就會送你……」

嘴上埋怨著，林森心底已經快速轉著盤算，該怎麼將這些材料拐一些到手。

「你給我的新藥都是實驗品，讓我幫你做實驗用的！」羅蘭不客氣地吐嘈，「而且你又還沒學到大師級藥劑，給了你也是浪費。」

只有大師級藥劑和更高等級的藥劑才會用到龍血、龍鱗這些珍貴材料，林森才剛摸到高級藥劑的門檻，水準還差了一大截呢！

「嘖嘖嘖！你這就目光短淺了！」林森撥了撥瀏海故作帥氣，「我現在用不到，以後等我學到了就能用了，這叫做事前投資，懂不懂？只是一點點材料就能獲得一位未來的藥劑大師友誼，這筆買賣你不吃虧！」

「我把材料給賈德森伯伯，馬上就能拿到大師級藥劑。」羅蘭不以為然地回嘴。

「錯、錯、錯！你這麼想就錯了！」林森朝他搖著手指，「我是誰？我，林森，是藥劑界的超級新星！是藥劑之神選定的接班人！我才學習八年就能製作高級魔藥，其他人至少要學二、三十年才能摸到高級藥劑的門檻，有的甚至一輩子都只是中級藥劑師！我註定會在魔藥歷史上留名！下一任藥聖就是我！」

林森自賣自誇、語氣相當中二。

不過他也沒有說錯，他的藥劑天賦確實相當優秀，不然也不會被賈德森大師收為唯一弟子。

「能夠遇見我這樣的天才是你的幸運，你要跟我拉好關係，送我珍貴的藥劑材料，像是龍鱗、龍血和龍涎之類，把我的好感度拉高以後，你就能夠獲得『魔藥新星的好朋

勇者小鎮的打工日常 上

貓邏

插畫／高橋麵包

友』的稱號，以後跟我買魔藥，我給你打九折！」

「跟你當好朋友，你才打九折？」羅蘭面露鄙夷，「賈德森伯伯都是直接送我魔藥！都不收錢的！」

「誰說他沒收？」林森撇了撇嘴，「你爸爸送給老師一堆珍貴又稀罕的優質材料，那些材料都藏在他的保險櫃裡，老師送你的魔藥只是那些材料的邊角料！嘖！真是小氣巴啦的！我就不像他那樣了，我一定會給你很多藥劑！」

「……你這樣抹黑自己的老師，沒問題嗎？」羅蘭神情詭異的看著他。

「為了珍貴的龍族材料，師生情分可以先放一邊去！」

林森豪邁揮手，大義凜然地說道。

「啪！」

「哎呀！誰打我？」

林森的腦袋被狠狠地敲了一下，他慘叫一聲，抱著頭往外跳了幾步。

「哪個混蛋打……老、老師？你不是說要睡到中午嗎？怎麼現在就醒了？」

林森瞪大眼睛看著打他的「兇手」，縮著脖子驚呼道。

「哼！我要是沒有早點起床，還真不知道你這個逆徒竟然想搶我的材料！」

賈德森瞪他一眼，快步上前將放在櫃台上的龍族材料都收起來。

「哎！欸！老師！手下留情！留一點給我啊！」

林森撲上去抱住賈德森的手，死死扣著最後一瓶材料，不讓他收走。

「老師，這些鱗片不少，給我十片吧！」

「不給！」

「老師！七片！七片就好！」

「滾蛋！」

「五片！老師，我有一個高級藥劑的改良配方，非常、非常、非常需要龍鱗！你就給我五片吧！這個改良配方很厲害的，肯定可以在藥劑師協會發表高級論文！真的！我保證！」

「……」賈德森收回材料的動作遲疑了。

如果林森真的想出新的改良配方，身為老師的他，自然也不會阻礙學生的研究。

發現有虎口奪食、不，是「師手奪材料」的機會，林森更加賣力地遊說。

「老師，這個配方我想很久了！上次你給我看的《康加德古魔藥配方》裡面不是有幾樣藥材已經滅絕了嗎？我覺得龍鱗搭配黑口魚油、銀葉草、變異魚應該可以填補上那幾樣滅絕材料……」

賈德森順著林森提出的新配方進行推算，發現可行度有八成。

「好吧！就給你五片。」

「謝謝老師！老師我愛你！」

林森歡呼一聲，開始跟老師在櫃台處「分贓」。

「老師，這塊鱗片都破損缺角了，還有這塊，都只剩下一半了，這塊太小了，只有其他鱗片的三分之二，這樣不行，你再補三片給我……」

「龍鱗跟其他材料不一樣，就算受損也不影響效果。」

「我知道受損程度跟效果無關，可是我們下配方都是算重量的，大片的、完整的龍鱗可以磨出十克粉末，這塊大概只能磨出兩克！」

「什麼只有兩克？這塊至少能磨出三克，你的研磨技術還要再多練練！」

「是，老師，我的研磨技術確實需要再練練，要不您就多給我幾片讓我練習研磨吧！」

「滾！」

一番你來我往的討價還價後，林森順利拿到四片完整的大龍鱗以及五塊有殘缺的鱗片。

「孽徒，孽徒啊……」

被徒弟「打劫」的賈德森，一臉心疼地將龍鱗材料瓶收進儲物空間裡頭。

「你要是研究失敗，看我怎麼懲罰你！」

賈德森對自家孽徒放狠話。

「老師，你不能這樣啊！研究哪有百分百成功的？神都做不到！」

「哼！身為我的弟子，你就應該化不可能為可能！世上無難事……」

「只要肯放棄！」林森飛快地接口，「老師，當你的徒弟太可怕，請允許我叛出師門！」

「叛出師門之前，先將你從我這裡拿的珍貴藥材還回來！不然我就找人追殺你！」

「老師！你一定要這麼兇殘嗎？」

林森捧著心口，痛心疾首地搖頭。

「當初拐我當你的學生的時候，你明明說你是個愛護徒弟的好老師，還說我可以任意使用你的藥材庫……」

「我當初是同意你使用藥材庫，可是你都做了什麼！你竟然覬覦我保險櫃裡頭的珍貴材料！你這個暴殄天物的敗家子！」

藥材庫放的是初級到高級的材料，高級以上的珍稀品都鎖在保險櫃中，每一樣藥材都是極為難得的珍品，隨便拿一件出去都能賣上天價，而且有不少材料還是有價無市，可遇不可求的稀罕品。

就算是賈德森的身分，收集這些材料也不是一件容易的事，也難怪他會這麼心疼了。

師徒兩人鬥嘴鬥了一會兒，賈德森才注意到一旁圍觀他們吵架的羅蘭。

「小羅蘭，你來啦！這些材料謝了！」

「不客氣，那龍是克拉克爺爺打的，我只是撿撿材料。對了，克拉克爺爺說，要你給他一瓶治療龍族的傷藥。」

「傷藥啊……打得嚴重嗎？」

「外傷還挺嚴重的，有好幾道口子，扯掉了不少鱗片，沒有內傷，克拉克爺爺下手有分寸……」

「行！我知道了。」

聽完羅蘭的說明，賈德森拿出一瓶藥劑給他。

「店員請假回家去了，要半個月才回來，藥劑店就交給你了，有事別找我，找林森處理。」賈德森指著林森說道。

「好。」羅蘭點頭。

等到賈德森離開後，林森也拿著龍鱗準備走人。

「我去藥劑室，有事用通訊器聯絡，要是遇到難纏的客人，直接轟出去就行了。」

林森平常並不負責看店，是因為原本的店員請假，他才來店舖看店，現在羅蘭來了，他也能繼續自己的藥劑研究了。

「等等！」羅蘭拉住他，「我先去送傷藥給克拉克爺爺，你再顧一會兒店，我中午就回來。」

「嘖！快去快去，順便幫我帶午餐回來。」

林森不耐煩地擺擺手，重新坐回櫃台裡面。

「好！」

03

「克拉克爺爺！我來啦！」

羅蘭扛著他從燒烤店買的兩頭烤乳豬來到克拉克爺爺家裡。

「聽到啦！我又沒有重聽，叫那麼大聲做什麼？」

克拉克爺爺從他手裡接過一頭烤乳豬，以手為刀，砍下一條豬腿，剩下的全豬直接丟給趴在庭院空地的龍形扎拉德。

扎拉德嘴巴一張，嚼著那頭烤乳豬好不快樂。

「藥呢？不是說會拿藥給窩？」扎拉德問著克拉克。

也不曉得克拉克是用了什麼特殊的揍龍手法，體質強悍、痊癒力驚人的扎拉德，竟然在躺了一晚上外加小半個白天後，身上還是酸痛無比，完全站不起來！

「藥在這裡！」

羅蘭連忙將藥劑遞給他。

扎拉德也懶得開瓶，直接將整瓶藥劑吞下，聽著藥劑瓶被牙齒咀嚼的脆響，羅蘭覺得牙齒有點疼。

儘管知道龍族的牙口好，吃東西都是整個吞，羅蘭也沒想到扎拉德吃東西那麼不講究，竟然連藥劑瓶子也一起吃了！

藥劑瓶的外觀看起來像是玻璃瓶，其實它是一種相當堅固的合成材質，比鋼鐵還要堅硬，這麼堅硬的瓶子也能被嚼碎，由此可見，龍族的牙齒和消化能力有多麼強大。

賈德森製作的藥劑藥效很好，服藥後，扎拉德在地上歇了一分鐘左右，就能夠變成人形起身了。

恢復成人形的扎拉德，渾身光溜溜的，他也不在意，大大方方地從空間裡取出衣服，就這麼在庭院中穿起衣服來。

「窩餓了。」

扎拉德舔了舔嘴唇，眼睛直勾勾地盯著羅蘭手上的烤乳豬。

「給你。」

羅蘭將手上的烤乳豬扔給他，扎拉德輕鬆地接過，大口地啃了起來。

不一會兒，那頭將近有九公斤重的烤乳豬就被吃完了。

「好吃！泥在哪裡買的？」扎拉德問道。

「廣場東邊的『阿爾巴乳豬燒烤店』。」羅蘭報了店名給他，又熱心介紹道：「他們一天只賣五十頭烤乳豬，用的乳豬是肉質最鮮嫩、最肥美、油脂分布最均勻的紅霞雪花豬！」

這種紅霞雪花豬是從豬類魔獸一代代改良品種而來，目前已經培育到第三十七代，被譽為是近百年來形體最漂亮、肉質最完美的培育豬種。

「他們的生意很好，早上六點開店，差不多中午十一、二點，烤乳豬就賣完了，要是遇到大市集跟狩獵季，來鎮上的旅客多，不到十點，烤乳豬就會被買光了，你要是想買，記得要早點過去。」

羅蘭到店裡時，店內只剩下兩頭烤乳豬，他就全買下了。

「泥應該三十隻都買下。」

扎拉德齜了齜牙，覺得一頭烤乳豬也不過給他開開胃而已，他現在還餓著。

羅蘭沒有理他，這烤乳豬可不便宜，吃白食的沒有權力抱怨！

看羅蘭這模樣，扎拉德眼睛一轉，對著羅蘭抱怨起來。

「泥這崽子也太壞惹，窩還以為泥是乖崽子，結果泥竟然跟其他人一起來打窩！真是太過分了！」

被這麼指責，羅蘭的眼睛一瞪，氣鼓鼓回道：「我本來也以為你是好龍，結果呢！你半夜不睡覺，在魔獸森林一直吵一直吵，害我們都沒有睡好，我的黑眼圈都跑出來了！」

羅蘭指著臉上還沒消退的黑眼圈，反過來控訴扎拉德。

「窩是因為沃夫死惹，在傷心！」扎拉德不滿反駁。

克拉克爺爺嗤笑一聲，「一開始確實是因為傷心，所以我們也都沒去打擾你，想讓你哭一哭，發洩悲傷，結果後面你在做什麼？你喝酒喝醉了在發酒瘋！」

「誰叫酒館的酒那麼好喝，窩一不小心就喝多惹……」

回想起美酒的滋味，扎拉德忍不住舔了舔嘴唇，又有點饞了。

「你打算在這裡待多久？」克拉克爺爺問道。

「不知道。」扎拉德回得乾脆，「本來是想找沃夫一起去冒險的，沒想到他已經死了，泥們人族的壽命可真短。」他撇著嘴吐嘈了一句，「現在窩也還沒想好要去哪泥。」

「既然沒地方去，我們這裡再過不久就是狩獵季了，你要不要多留一段時間，先賺點錢再走？」羅蘭給出建議。

「狩獵嗎？也行！窩之前獵到的魔獸都埋光光惹。」

扎拉德也知道，要在外面行走，沒有錢是萬萬不能的，而且他還答應家裡的媽媽和姊妹，要買漂亮衣服和亮晶晶的首飾送她們，這些東西可貴了，不賺錢可不行！

聽到扎拉德想要存錢買禮物，羅蘭想了想，給出了另一個建議。

「如果你不介意的話，可以販賣口水、血還有爪子的粉末給賈德森伯伯，他是藥劑大師，製藥水準很高，你剛才喝的藥劑就是他製作的。賈德森伯伯不吝嗇，不會坑你錢。」

「口水和爪子粉末可以賣，血不行！」扎拉德瞪著眼睛連連搖頭，「窩出門的時候族裡叮囑了，外面有很多邪惡的巫師，要是被他們拿到龍血，他們就可以用邪術操控龍族！」

「還有這樣的邪術？」羅蘭驚訝又好奇的詢問。

「確實有這樣的情況。」克拉克爺爺插嘴說道：「不過沒他說的那麼厲害，巫師只能控制龍血的主人，不可能操控整個龍族，而且要是龍族意志力強大，巫師不但操控不了他，還有可能導致術法反噬，暴斃死亡。」

「就算不是整個龍族，那也不行。」扎拉德再度搖頭，「窩是黑龍，魔法抗性不強大，要是真的被操控了，做出什麼丟臉的事情，窩會被窩媽、窩姊、窩妹打死！」

「怎麼沒有爸爸？你爸爸不管你？」羅蘭的關注點歪了。

「窩爸打不過窩媽，家裡都是窩媽負責揍崽子！」扎拉德沒有絲毫掩飾地將父親的糗事說出。

在龍族，雌龍比雄龍強大是相當常見的事，他並不覺得有什麼不對。

羅蘭也不關注扎拉德家裡的事，他只在意扎拉德要販賣的藥材。

「明天我拿幾個材料箱給你，你把你要賣的材料放在裡面……」頓了頓，羅蘭又改口說道：「或者你跟我去藥劑店，直接跟賈德森伯伯談價錢？」

「行啊！窩跟泥去！」扎拉德應得乾脆。

04

秘釀藥劑店。

聽到扎拉德是來賣自己，不、賣材料的，林森連忙衝進老師的煉藥室將人拉出來。

「要賣材料？好好好，賣得好……」

賈德森雙眼發亮的看著扎拉德，把向來膽大的龍族給看得有些害怕。

「窩只是要賣口水跟磨爪子掉下的粉末，沒有要賣其他的東西！」

扎拉德雙手摀著胸口強調，活像是害怕被壞人拐賣的小可憐。

「沒問題、沒問題！你想賣什麼就賣什麼，我們不強迫！」

見扎拉德害怕的模樣，賈德森連忙收起垂涎的神色，臉一板，氣勢一提，擺出正氣凜然的姿態。

「我這裡可是正當營業的藥劑店，規規矩矩的做生意，童叟無欺，誠實可靠！跟龍族和所有異族都是好朋友！不是外面那些掛羊頭賣狗肉、專門坑騙異族的混蛋店家！」

被賈德森這麼一哄，扎拉德也就放心了。

「窩從族裡出來，族人給了窩不少東西。」

扎拉德開始從自己的空間裡翻找物品，取出了大量的龍鱗、龍口水、龍爪子粉末以及龍族谷地才有的特殊藥材。

別看龍族隱居在龍谷，好像跟外界斷絕了往來，其實龍族每隔一段時間就會打探外界的變動，也會從外界購買最新產物回去，好讓族人跟外界不會脫軌，年輕族人外出歷練時也能有個基本概念。

龍族也知道自己是高級材料，外界有一堆人覬覦，他們也不介意販賣一些可再生的東西，像是磨爪子的粉末、口水，以及每次打架時就會被扯下幾片的鱗片。

每位年輕族人出門歷練時，長輩們就會將這些積攢的材料和龍谷中可以賣錢的藥材給他們，充作他們歷練時的旅費。

看著扎拉德拿出的一大堆材料，賈德森跟林森的眼睛都睜大了。

「龍息草、龍冰花、龍炎巖石、龍墨乳、龍金……」

這些是只有龍族棲息地才能孕育生長的稀罕材料，不過在龍族看來，不過就是一些隨處可見的花花草草和岩石礦物罷了。

「火龍鱗、水龍鱗、黑龍鱗、黃金龍鱗、地火龍鱗……天啊！竟然還有傳說中的虛空龍鱗！」

不同系別的龍鱗有不同的屬性，可以調製成不同的藥劑，而虛空龍鱗更是特殊，它具有時空的屬性，可以調配相當稀罕的時空藥劑，喝下後能讓人穿越時空的那種！

龍族每次打架都會掉龍鱗，而鱗片脫落後，重新生長的新龍鱗會更加強硬，所以龍族會刻意鍛鍊自己的鱗片，即使大片脫落也不心疼。

龍族不看重掉落的鱗片，但他們也知道這些鱗片在外界可以賣出高價，所以他們會將鱗片收集起來，等到有族人出門歷練時給他帶上當作旅費。

「你等一下，我先將這些材料分類……」

賈德森和林森聯手，將這些材料分成上、中、下三種品質，並跟扎拉德說明他們這麼分級的原因。

「下等品質的材料都是瑕疵品，像這個龍息草只剩一半，龍冰花的花都枯萎了……這些都會影響藥性，所以只能當成下等，收購價也會給得比較低。」

「中等品質的材料，是瑕疵少，藥性流失也少的；高等品質就是採摘和保存情況良好的，這種品質的材料價格也是最高……」

一番計算過後，賈德森給出了一個公正又很不錯的價格。

購買這些材料掏空了賈德森的積蓄，剩下不足的差額，他用了十數瓶大師級藥劑以及兩瓶聖級藥劑補上。

即使如此，賈德森還是很高興。

錢可以再賺，可是稀罕材料可不是經常能收購的！

扎拉德對於賈德森出價也很滿意，決定將賈德森列為誠信賣家，以後要是有龍族想要出手藥劑材料，就讓他們來這裡販售。

別看龍族總是大咧咧的，好像相當粗心大意的模樣，其實他們心底都有一個小本本，專門紀錄紅名單和黑名單，列上黑名單的就是拒絕往來戶，紅名單就是可以交好的對象。

克拉克揍了他，又是個強者，而且還是有原因才對他出手，不是胡亂打龍，龍族慕強，所以就將克拉克放在紅名單上面。

羅蘭雖然弱小，但是扎拉德看他順眼，所以他同樣也是在紅名單上。

「你賺了這麼多錢，還要跟我去採藥嗎？」羅蘭在他們交易結束後問道。

「要！窩要買很多東西，泥們人類的首飾跟寶石都很貴，這點錢只能買一點點！還要繼續賺錢！」扎拉德說得理直氣壯。

羅蘭也覺得他說得對，他在金色閃耀商會打工作，自然知道那些寶石和首飾的價格不低。

龍族的眼光高，看上的都是上等品，價格更是高得離譜，那些高級寶石一顆就能買上一棟城堡，而高級首飾差不多是一個國家的整年稅收！

羅蘭覺得，那些喜歡用珠寶首飾炫富的人，真的很浪費。

那麼多錢，可以買多少食物啊！他們竟然拿去買那種不能吃、也不能用的東西。

不過對於龍族購買首飾這一點，羅蘭就不覺得奇怪了。

龍族嘛！誰不知道他們都是喜歡亮晶晶的寶石呢？

這是他們的天性，就跟羅蘭喜歡吃肉一樣，都是可以接受的！

「你要是想買，可以去金色閃耀商會買，金色閃耀對於大宗商品的採購有折扣。」

羅蘭從儲物空間裡拿出一張水晶打磨的卡片給他，「這是金色閃耀的貴賓卡，買東西有打折，還有各種贈品福利，送你。」

這張金色閃耀的貴賓卡是羅蘭的，只是羅蘭本身不怎麼買東西，而且他去金色閃耀都是刷臉的，根本用不上貴賓卡。

「謝惹！」

扎拉德也沒跟羅蘭客氣，笑嘻嘻收下了。

在他看來，羅蘭跟他是朋友，朋友之間互送一些小東西很正常，沒必要推來推去。

聽到扎拉德要跟羅蘭一起去魔獸森林採藥，賈德森開心地列出一張長清單，上頭寫滿了他要收購的高級藥材。

看著那張清單，扎拉德有些苦惱的搔搔頭。

「窩不懂藥材，也不知道這些東西在哪裡。」

他原本的計畫是，他跟著羅蘭進入森林，羅蘭採摘什麼他就跟著摘什麼，可是賈德森列了清單給他，明顯就是希望他去採集這些材料，他哪裡懂啊！

「沒事，羅蘭對魔獸森林很熟，讓他帶你去採，你只需要負責他的安全，帶他飛到那些地點就行了！」

賈德森將清單交給羅蘭，笑呵呵地回道。

他原本就沒有指望扎拉德去採集這些藥材，這些高級藥草可不是隨隨便便就能摘採的，不同的藥草有不同的採集方式，存放的器皿也有所不同，要是讓扎拉德來做，他肯定一爪子把藥草連帶土壤挖下，隨便地往空間裡頭一扔，這樣就完事，完全不會顧及會不會損傷藥草的藥性。

專業的事情還是要讓專業的人去做。

羅蘭雖然不擅長煉製藥劑，可是在採集藥草方面他絕對是專業的，將這件事情交給他，賈德森很放心。

05

羅蘭原本是打算等到狩獵季開始，先由那些勇者團和狩獵團隊將森林裡的魔物清掃一番，他再進去找尋藥草的——即使他不畏懼森林裡的魔物，但是跟成群的魔物對上，走到哪裡打到哪裡，也是挺麻煩的。現在有了扎拉德當保鏢，這個計畫也就可以改一改。

畢竟那些狩獵團隊進去狩獵，懂藥草的人也會順手摘取藥草，而不懂藥草的團隊，很可能直接將珍貴的藥草當成雜草除了！

以往羅蘭進去找藥草時，就見到不少被摘踩踐踏的藥草，讓他心疼得不得了，那些可都是錢啊！是錢啊！

被這麼一踩一踏一折，藥草的藥用價值就大大折損，價格也大大降低了。

現在可以領先那些狩獵團隊進入森林，又有扎拉德保護和載著他飛行，他就可以進入更深、更危險的地區，摘採更加珍貴的藥草，讓他的錢包鼓脹起來！

雖然羅蘭的父親留下不少生活費給他，平日的衣食又有維克哥哥一家照顧，讓羅蘭沒有經濟上的困擾，可是羅蘭認為自己已經長大了，可以獨當一面了，自然就想要依靠自己的力量生活。

現在他的一切開銷都是自己打工賺來的錢，除了飯食的支出較大，其餘的日常花費並不多，跟打工的收入正好打平。

再過四個月就是維克哥哥的生日了，羅蘭已經看好了一款生日禮物，只是那禮物要提前兩個月請矮人工匠製作，還要支付一筆昂貴的訂金，羅蘭要想辦法在這次的狩獵季中賺更多的錢，才能預定那款禮物。

採草藥的工作正好符合他的需求。

要是他能夠在森林中心採到幾株珍貴的藥草，維克哥哥的生日禮物就有著落了。

「啊？載泥飛到森林中央？不可能！龍族只會讓伴侶跟夥伴坐在背上！」

扎拉德瞪著眼睛，果斷地拒絕了羅蘭的要求。

羅蘭茫然地看著他，反問：「我們現在不就是夥伴嗎？一起去採草藥的夥伴！」

「窩們只是一起工作，才不是夥伴！」扎拉德斬釘截鐵地反駁：「窩說的夥伴是《龍與龍騎士》那樣的夥伴！」

《龍與龍騎士》是第一代的龍族和龍騎士的故事，他們的冒險事蹟被吟遊詩人紀錄下來，在大陸間遊走傳唱，流傳至今，已經成為家喻戶曉的傳說故事，就連三歲小孩也能簡略說出故事內容。

聽到扎拉德的騎乘條件，羅蘭隨即改口。

「不然……你用爪子抓著我飛？」

扎拉德斜睨他一眼，「我現在還沒辦法細膩的控制力量，我怕把你這小身板抓斷了！」

要是抓傷了這個小傢伙，他的老師肯定會找來算帳！他才不做這麼愚蠢的事。

「這樣吧！我坐在大籃子裡，你拎著籃子帶我飛！這樣就不會受傷了！」

羅蘭又給出另一個提議。

扎拉德糾結了一下，最後還是同意他的建議。

「這邊、這邊！這一區是木柯岩皮荊棘的生長區，木柯岩皮荊棘是製作高級防禦藥劑的材料，還可以當成鍛造材料使用，市場價格相當好，一株完整的木柯岩皮荊棘可以賣到十萬金幣喔！」

「這座湖是八呵河馬的棲息地，受到八呵河馬的能量滋潤，湖裡會生長出八呵河馬藍藻，這種藍藻的營養價值很高，是高效補血劑、治療藥劑、恢復藥劑的必要材料，一斤八呵河馬藍藻的收購價是八到十萬左右……」

「十萬？怎麼那麼少？」扎拉德不滿皺眉。

「已經很多了！一株十萬耶！」羅蘭難以置信的看著他。

「哼！窩買一顆寶石都要上千萬！」

「……寶石跟藥草能比嗎？」

「為什麼不能？窩的一枚鱗片的價格也比它高。」

「因為你是龍啊！」

羅蘭直接朝他甩了一記白眼，這傢伙肯定是在炫耀自己的身價吧！

雖然內心吐嘈不斷，羅蘭還是很認真地對他展開採摘藥草的教學。

「藥草都有屬性，所以我們採摘的時候也要按照它的屬性使用不同的工具，如果用到屬性相剋的採集工具，就會毀損藥草的價值……要是覺得麻煩，可以去買一套無屬性的採藥工具。」

無屬性採藥工具是用特殊材質製成，不會影響藥草的效用，然而，這種工具的價格十分高昂，只有藥草大師才會特地採購，一般人捨不得花那些錢去購買一套工具。

龍形扎拉德聽了幾句，就覺得採摘草藥的工作真的很繁瑣，讓他不耐煩的噴出一道鼻息。

「扎拉德！你這樣會影響藥草！」

羅蘭著急的直跳腳。

扎拉德的鼻息也帶了他的力量，要是落到藥草上頭，就會影響它的藥效。

「泥自己採吧！窩巡視周圍！」

扎拉德一扭頭，邁著粗壯的腿跑開，強大的腳力把地面踩出好幾個腳印坑。

羅蘭無奈地拿出工具開始採集草藥。

採夠了八呵河馬藍藻，一人一龍移動到下一個地點。

「這裡是萬蛇窟……欸欸欸！住手！不用殺蛇！我們只是來拿魔蛇的蛇褪跟脫落的

蛇牙的！」

「囉唆！沒看到牠們都纏上來了嗎？不弄走難道要被咬？」

扎拉德的翅膀一振，捲起旋風，將攔在面前的魔蛇全都颳上天。

「泥快去找材料，別在這裡礙事！」

「……」羅蘭跳出了載著他的大籃子，開始跑向魔蛇蛻皮的區域。

收集了一大包蛇褪跟蛇牙後，他們移動到沙漠區域。

「沙漠區這裡有沙漠地犀龍……」

「龍？那種大蜥蜴也算龍？」扎拉德衝著羅蘭憤怒咆哮，噴了他一臉口水，「小子，泥是在汙辱龍族嗎？」

羅蘭默默擦去臉上的口水回道：「這只是一個稱呼，而且這名字又不是我定的，你要找人算帳就去找命名的學者啊。」

「窩不管！窩生氣了！吼嘎嘎嘎嘎！」

扎拉德轉成狂暴狀態，朝沙漠地犀龍直撲而去。

羅蘭攔阻不了他，只能在一旁氣得直跳腳。

「快住手！沙漠地犀龍又沒招惹你，你欺負他們做什麼！你這樣會被『王』揍的！」

「吼嘎嘎嘎嘎……」

扎拉德沒有理會他，繼續在沙漠地犀龍群裡廝殺……

而後他就被揍飛了。

「這裡是怎麼回事？」

揍飛扎拉德的男子自空中緩緩降落，他有著一頭銀白色長髮，如天空般湛藍澄澈的雙眼，體格高挑，容貌俊美非凡。

他就是統御魔獸森林的王，是魔獸森林誕生的意識體。

「小羅蘭，他是你的龍夥伴？」

另一名身材妖嬈的紅髮女子從風中現身，雙腳穩穩地踩在扎拉德身上，讓他無法動彈。

「不是。」

羅蘭一秒否認，扎拉德沒有承認他們是夥伴，那他們就不是夥伴，而且他也不想當龍騎士！

「嗷嗷！」

被踩著腦袋的扎拉德，依舊激動地掙扎著，眼底甚至泛著詭異的紅光。

「我們是一起過來採草藥的。」羅蘭皺著眉頭，擔心地看著扎拉德。

「採草藥？」紅髮女子眉頭一挑，勾起紅唇笑道：「我還以為你們是過來我的地盤找碴的。」

紅髮女子是沙漠區的首領，本體是一隻紅色的長尾魔蠍。

「沒有、沒有，扎拉德之前不是這樣的，我也不知道為什麼他突然變得暴躁……」

羅蘭略過扎拉德生氣的原因，尷尬地解釋。

「他被森林裡的能量影響了。」

王看了扎拉德一眼，立刻就知道他的狀況。

魔獸森林之所以會有魔獸誕生，就是因為魔獸森林裡有一股力量影響著牠們，讓尋常野獸進化成為魔獸。

而狩獵季的出現，是因為魔獸森林的能量在這段時間會格外活躍，引發魔獸們的躁動，讓牠們的脾氣變得非常暴躁，想要找人打架。

這段能量活躍的期間，也是最適合魔獸們成長和進化的時期。

狩獵季對人類來說，是獵殺魔獸的賺錢時機，而對魔獸們而言，是賭上性命跟人類戰鬥，讓自己進化的契機。

「有幾隻崽子正好到了進化的時間點，讓他留下來當陪練。」王以不容拒絕的語氣說道。

那幾隻崽子都是有機會成為首領的高級魔獸，狩獵季會到來的人類太弱，跟他們打架對崽子們的進化沒有幫助，扎拉德皮粗肉厚，又有龍族的天然威壓，正好可以當崽子們的陪練。

對於王的決定，羅蘭沒有反對。

一來是他反對不了，二來是這件事情對於扎拉德的成長也有好處，而且扎拉德在這裡破壞了那麼多東西，他需要道歉和賠罪。

只是……

「王，我還有很多藥草要採，扎拉德要是留在這裡，那我就只能自己跑了。」

羅蘭可憐兮兮地看著王。

「讓『空』帶你去。」

王的話音一落，一名身形呈現半透明、全身裹在斗篷之中的人自虛空中出現。

空是具有空間異能的魔獸首領，有他帶著瞬移，速度絕對比飛行還要快。

「空，好久不見！」羅蘭笑嘻嘻地向他揮手。

空沉默地對羅蘭點頭，幽深冰冷的目光柔和幾分。

「空，我們下一個地方去這裡……」

羅蘭將他自己繪製的藥草分布圖遞給空看。

空掃了一眼，斗篷無風飛揚，布料輕柔地將羅蘭包裹起來，帶著他瞬移離開了。

第五章　尖帽子占卜屋和撿金尋人隊打工日常

01

有了空的幫助，羅蘭只花了預計時間的一半，就完成了藥草採集工作。

「謝謝空，我的工作完成了！」羅蘭笑眯眯地向他道謝。

空對他點點頭，傳送圈一開，就將羅蘭送回小鎮門口。

回到秘釀藥劑店後，賈德森跟林森好奇扎拉德的下落，羅蘭便把王將扎拉德留在森林的事情說了。

「啊這……」

兩人露出一致的憐憫表情。

跟羅蘭對王的好評價不同，賈德森可是知道，在王那副淡然高潔、清雅出塵的外表下，其實有著小氣、記仇、護短的性格。

真是的，王明明就是魔獸森林的意識，學起人類那些亂七八糟的性格做什麼？

現在扎拉德在他的領地裡搗亂，被留在那裡當陪練，肯定是不會過得舒坦的。

死是不會死啦，但是扎拉德肯定會被折磨得很痛苦！

不過那跟他們也沒關係。

論起遠近親疏，王還是比札拉德更加親近的。

艾尼克斯勇者小鎮緊鄰魔獸森林，雖然兩邊互不干涉，但要是遇到大型的天災人禍，例如幾百年前的虛空怪物入侵，王就會率領魔獸跟人類並肩作戰，一同抵禦外來的怪物軍團。

也因為這樣，艾尼克斯勇者小鎮的居民，對待魔獸森林的態度更為平和，不像其他位於魔獸森林周邊的小鎮，一提起魔獸森林不是恨得咬牙切齒，就是恐懼得瑟瑟發抖。

賈德森高高興興清點了藥草名單後，給了羅蘭一筆豐厚的收購價。

「賈德森伯伯不是沒錢了嗎？」

羅蘭記得，之前賈德森購買龍族材料時，就將積蓄花費一空了，怎麼才過了幾天，他就又有錢了？

「藥劑師怎麼可能缺錢？賣幾批藥劑就有了！」

賈德森不以為意的揮揮手，順手將藥草收起。

藥劑是一種利潤極高的商品，即使藥劑材料的收購價極高，等到煉製成藥劑，就可以翻上好幾倍的回收，根本就不虧！

「老師他把殘破的龍族材料用高價轉賣給他朋友。」

林森補充吐嘈，深深覺得老師真是個奸商，連朋友也坑。

「哼！要是沒有我，他們還買不到這些材料！」

賈德森可不認為自己坑人，他跟朋友收購稀罕材料的時候，同樣也是被他們坑了一筆，大家彼此彼此！

「嘖嘖！黑暗的藥劑師圈，我的未來竟然要陷入這樣的汙濁裡……」

林森搖頭晃腦地嘆氣，後腦勺就被賈德森拍了一巴掌。

「放心吧！像你這種連老師的材料都坑的孽徒，肯定能夠混得如魚得水！」

回過頭，賈德森又對羅蘭說道：「我店裡的店員已經休假回來了，你在這裡的打工也該結束了。」

「嘖嘖！老師，你說話的口氣就像是用完就丟的渣男！」林森又吐嘈道。

「少廢話！」賈德森再拍了林森一巴掌，「羅蘭在這裡只能看店跟採草藥，太大材小用了，這裡不適合他。」

「……」林森搔了搔頭，也認為老師說得對。

「小羅蘭，你接下來要去哪裡打工啊？」林森隨口問道。

「尖帽子占卜屋。」羅蘭回道。

「欸？你去占卜屋做什麼？那邊是魔女的地盤，你又不會占卜。」林森不解詢問。

「瑪麗蓮婆婆叫我過去的。」

占卜屋原本並不在羅蘭的預定打工行程裡，是瑪麗蓮婆婆找他過去打工的。

瑪麗蓮是尖帽子占卜屋的老闆，也是一名相當優秀的魔女，年紀據說有兩百多歲，但是外表看起來就像五、六十歲，非常駐顏有術。

尖帽子占卜屋的店面外觀就像一頂尖帽子，這也是魔女特有的標誌。

世人總以為，魔女身上的標準配備是尖帽子、斗篷、水晶球跟飛天掃帚，即使時代改變，現今魔女的造型已經不同了，尖帽子占卜屋還是以這些配備當作制服，吸引遊客前來。

即使沒有占卜的想法，見到造型這麼「傳統」的魔女們，遊客也會興起好奇心，進入店裡瞧瞧，所以尖帽子占卜屋在小鎮這裡算是相當有名的觀光景點。

「來，換上制服吧！」

負責指導羅蘭工作的魔女姊姊笑著送上店裡的標準配備。

「可、可是我是男生。」

羅蘭看著遞到面前的黑色長袍，忍著想要逃跑的衝動，試圖為自己爭取福利。

「長袍又不分男女，這是中性服飾，每個人都可以穿。」

魔女姊姊微笑著說道，站在她肩膀上的黑貓也跟著喵了一聲，像是在附和她的話。

「可是妳們的長袍有掐腰，領口、袖口跟裙襬用了金、銀絲線縫製魔法陣圖案，還用紅色寶石當袖釦和鈕扣……」

造型很女性化啊！

「小羅蘭，你應該慶幸……」

魔女姊姊臉上的微笑不變，一手輕輕地搭在他的肩膀上。

「至少我們家的制服是黑色長袍，而不是現在流行的各種魔法少女服飾，不然你就要變成魔法女裝少年啦！」

魔女姊姊笑著說出讓羅蘭相當驚恐的話語。

羅蘭想起那些有著許多蕾絲、緞帶和蓬蓬裙，色澤繽紛亮麗、可以湊齊七種彩虹色的魔法少女服飾，認同了魔女姊姊的話。

有了對比，羅蘭就不再排斥這身長袍制服，乾脆俐落地換上了。

黑袍雖然做了掐腰設計，但整體來說依舊是寬鬆的，所以羅蘭並不需要脫掉褲子，這也讓他少了幾分彆扭。

小少年的容貌還沒長開，帶著雌雄莫辨的中性感，蓄著小辮子的俏麗紅髮、湛藍清澈的眼眸，讓一身黑袍多了幾分明媚。

黑袍的領子是立領，正好將少年的喉結遮住，而他的嗓音是清亮的中音，不像成年男性的低沉音色，讓他的性別更顯撲朔迷離。

「真好看！」魔女姊姊稱讚道。

「……」羅蘭尷尬地笑笑。

「好了，跟我來拍照吧！」

「拍照？」

「對啊！」魔女姊姊回得理所當然，「瑪麗蓮婆婆說，要拍一組宣傳照放在店門口吸引客人……」

「可是我又不是占卜屋的魔女！」

「所有人都拍了啦，不是只有拍你！」魔女姊姊笑著安撫道：「雖然你不會占卜、又沒有占卜天分，可是你長得好看啊！當看板娘相當合適！」

「我是男的耶！」

「哎呀！不要在意這種小問題！」

魔女姊姊拉著羅蘭快步走向店門口。

「來，我們先在門口拍幾張，之後再進店裡拍。」

魔女姊姊拿出一台相當專業的相機，店內其他沒有工作的魔女也聚集過來，笑嘻嘻地指揮羅蘭擺姿勢，見他神情尷尬、動作僵硬，她們還會貼心地上前與他合照，幫助他放鬆。

於是，羅蘭這一天的打工行程，就在拍照中度過了……

02

「尖帽子占卜屋的占卜方式有水晶球占卜、塔羅牌占卜、抽籤占卜、夢境占卜、星象占卜、觀煙占卜、火焰占卜、擲物占卜、數字占卜等等……其中以水晶球和塔羅牌最常見，也是客人來到尖帽子占卜屋會選擇的主要占卜方式。」

負責教導羅蘭工作的魔女姊姊向他介紹道。

像羅蘭這樣的新進職員，一般都是負責在外發放宣傳單招攬客人以及店內接待客人、打雜、跑腿的事務，羅蘭雖然被瑪麗蓮婆婆另眼相看，但他也不能破例。更何況羅蘭也沒有占卜天分，沒辦法直接跳級成為店內的占卜師。

「店內的占卜師，都有各自的代號以及專精的占卜法，這個你需要將它背下，有些客人是臨時起意過來的，不會特地上尖帽子的官網查看占卜師的情況，這時候就需要你向他們介紹和推薦適合的占卜師……」

魔女姊姊拿出一本宣傳用的小冊子，翻到第五頁的位置，上面有著魔女姊姊的個人資料。

魔女姊姊的代號是「蒼蘭」，占卜資歷有十七年，擅長水晶球占卜、塔羅牌占卜、夢境占卜、星象占卜和觀煙占卜。

她的個人資歷介紹寫著，曾經替某某王室找回被盜走的王室傳承物；曾經跟著勇者團隊進入迷蹤區救人，並順利帶著倖存者離開那個幾乎無人可以生還的神秘區域；曾經觀看星象，發現某地區會有大災難降臨，並預先示警，減少該地區的損失……

「蒼蘭姊姊好厲害！」羅蘭雙眼發亮、滿是崇拜地說道。

「我的占卜術在尖帽子只是第五名，排在我之前的前輩都比我強大……」

蒼蘭露出平靜的微笑，並沒有因為羅蘭的誇獎而得意，她覺得自己還有很多地方需要努力。

占卜一途，不進則退，而且並不是光靠努力學習就能提昇自己，占卜這一行，更加重視的是天分，就如同他們尖帽子占卜屋的創辦人瑪麗蓮婆婆，她就是極具天分的天賦者。

據說瑪麗蓮婆婆在五歲時，就已經能夠進入夢境跟夢仙子玩耍，而且這時候的她只是一個平凡的農家孩子，沒接受過任何占卜訓練，甚至連什麼是魔女都不知道。

瑪麗蓮婆婆在占卜方面的啟蒙，是從跟夢仙子的遊玩開始，而後夢仙子為她找來老師，夢仙子找到的老師可不簡單，半人馬、湖中仙子、夢魔、星辰精靈、樹靈……都是在占卜界中赫赫有名的神奇存在。

一般人能獲得其中一位青睞就已經是天大的運氣，瑪麗蓮婆婆卻是得到這些神奇生物的庇護，奠定了她在占卜界中的崇高地位。

據說瑪麗蓮婆婆無所不知，而且她還能觀測到世界之外，她曾經說過，另一個世界有一間「霍格華茲魔法學院」，那裡宏偉又大氣華麗，是專門給小巫師學習的學校，那裡的魔法很有趣，家事清潔魔法非常有用，建造房子的魔法也很棒！

還有一個叫做小櫻的魔法少女，她所使用的塔羅牌都具有靈性，相當神奇！

因為瑪麗蓮婆婆的傳奇性，當她突然要羅蘭過來尖帽子占卜屋打工時，店內的占卜師們雖然感到驚愕和困惑，卻也沒有拒絕，否則，按照占卜界的傳統，羅蘭成為尖帽子占卜屋的職員，就等於掛著尖帽子占卜屋的學員身分踏入占卜界，以後那些占卜界的同行會將羅蘭跟尖帽子占卜屋劃上等號！

占卜界可不是這麼好進入的，占卜界因為天賦和地位的特殊，具有極大的排他性，占卜魔女們一般不跟其他職業者來往，不跟他人的命運線糾纏，一般都是以金錢交易往來，斷絕被命運羈絆牽扯上的可能。

所以魔女們在選擇傳承人時，也會非常謹慎，寧缺勿濫，免得學生在未來走上歧途時，連帶老師也被拖下水！

唯有自身的羈絆少，才不會陷入命運的迷霧，才能夠跳脫命運之輪，在占卜這一途走得更高、更遠——這是占卜界眾所周知的名言，也是占卜魔女們奉行的宗旨。

瑪麗蓮婆婆突然讓羅蘭加入尖帽子占卜屋，等於是將自身跟羅蘭捆綁，願意讓羅蘭掛著自己的名號行事，即使兩人的羈絆不深，但要是往後羅蘭出現什麼意外，瑪麗蓮婆婆也很有可能被牽扯進去。

蒼蘭不知道瑪麗蓮婆婆的用意，但瑪麗蓮婆婆是她最崇拜、最景仰的偶像，她是為了偶像才加入尖帽子占卜屋的……

不，不只是她，這間占卜屋的魔女全部都是為了瑪麗蓮婆婆而來。

所以蒼蘭認為偶像的行事肯定不會有錯，只是礙於天地法則，瑪麗蓮婆婆不能夠直接說出原因，免得改變了未來，所以蒼蘭也盡心盡力地教導羅蘭，希望能夠幫上一點忙。

「進行占卜的時候要盡量避免干擾，所以每位占卜魔女都有自己的小屋……」

蒼蘭帶著羅蘭走了一遍，讓他大概知道占卜魔女們的小屋位置，以及店內的環境布置。

羅蘭上半天在占卜屋內度過，下半天就被推出去跟其他魔女學徒一起派發傳單。

招攬客人對曾經擔任過嚮導的羅蘭來說並不是難事，在他生動活潑的介紹下，尖帽子占卜屋很快就迎來了幾批客人。

這份工作最讓羅蘭傷腦筋的地方在於，那些顧客發現他是男孩子時，個個露出了驚訝、困惑和迷惘的神情。

「尖帽子占卜屋的占卜魔女不是都是女生嗎？」

跟其他占卜屋囊括男性和女性占卜師的情況不同，尖帽子占卜屋只招收占卜魔女，這是它的特色。

「我只是來打工的，不算職員。」

羅蘭第N次向客人解釋。

「哈哈哈，其實你不說，我還真沒認出你是男生，你穿這身制服很好看啊！」

「……謝謝。」羅蘭就將這句話當成誇獎了。

「聽說魔女有變性的法術，小帥哥也可以嘗試一下，保證讓你打開另一個世界的大門喔！」

「……是變形術，不是變性的法術。」羅蘭笑容僵硬地解釋，「大叔您想嘗試看看嗎？我可以請魔女姊姊幫忙。」

「欸？可以嗎？我想要變成帥氣的翼獅！不然高貴的獨角獸也行！」大叔一臉興奮的說道。

「……」呵，大叔您只能變青蛙啦！

「小羅蘭想要變性嗎？」蒼蘭聽到他們的對話，笑嘻嘻地走來，「我剛好學過這類法術……」

「真的有變性的法術？」羅蘭震驚瞪大雙眼。

「有呀！改變容貌和性別是變形術中的中級法術，大多數魔女都會。」

03

魔女的戰鬥力並不強大，又因為工作和各種不能言說的原因，總會有需要改變容貌、迴避仇家和顧客的時候，所以變形術就成了魔女們必須掌控的保命技巧了。

「小羅蘭想試試看嗎？」蒼蘭笑問：「你的臉型稍微變化一下就是個可愛的小女生了，我會把你打扮得漂漂亮亮……」

「不，我不想，謝謝！」羅蘭斬釘截鐵地拒絕，「我繼續去外面找客人，這位大叔就交給姊姊接待了！」

看著羅蘭慌亂逃跑的背影，大叔哈哈大笑。

「這小傢伙真可愛！」

「所以這位先生是為了小羅蘭來的？」

蒼蘭溫柔得體地看著大叔笑問，眼底卻沒有絲毫笑意。

「我只是過來看看。」大叔彎著眼睛笑道。

這位大叔有著一張圓臉、五官端正，身材略顯豐腴，咧嘴一笑，看起來就像是一個慈祥和藹的鄰家長輩，讓人忍不住卸下防備。

蒼蘭的神情恍惚了一瞬，而後臉色瞬間變得難看。

「先生，在店內使用蠱惑術，你是想跟尖帽子占卜屋為敵？」

她動作俐落地將魔杖拿在手上，擺出戰鬥前的預備姿勢。

「別緊張，我並沒有惡意。」

大叔依舊輕鬆地笑著，並沒有將蒼蘭的警告放在心上。

「要是我有惡意，你們店裡的防禦陣法就會激發了，不是嗎？」

蒼蘭沒想到對方竟然知道店裡布置了防禦陣法一事，神情更加嚴肅了。

「你是誰？來這裡做什麼？說出你的目的！」

「嘖，妳這小魔女怎麼這麼激動？一點都沒學到瑪麗蓮的沉穩……」

蒼蘭才不管對方的話，她已經飛快地想出各種應付「敵人」的計畫，打算把這個莫名其妙的人拿下。

手腕一轉，一道石化術冷不防地射出，大叔猝不及防地被打中，但是石化術卻沒有起作用，而是被大叔身上的魔法防禦裝備化解了。

「哎？妳怎麼突然動手啊？」

大叔表情誇張的哇哇大叫，身體卻是相當靈活地閃避了緊接而來的攻擊。

「我們占卜師都是動口不動手，以理服人的，妳怎麼話都不說一聲就動手呢？」

「哎哎！妳打就打，怎麼還跑過來打人呢？妳是魔女啊！法系的魔女！這是遠程職業，應該站遠遠的用魔法攻擊啊！怎麼還親自動手了呢！」

「魔杖不能拿來當棍子打人，妳不怕把魔杖折斷了嗎？」

「不、不是，我不是叫妳把匕首拿出來，我們動口不動手不行嗎？要以理服人啊……」

「嘖嘖！瞧妳這身手，以前該不會是跟盜賊或是刺客學過吧？路子走歪了呀小魔女……」

蒼蘭確實跟隨盜賊修習過。

她出生於貧民窟，父不詳，母親以替人清洗衣物維生，當收入少時，她也會兼職妓女，靠著皮肉賺錢。

——這是貧民窟女性主要的維生方式。

如果不出意外，蒼蘭長大後也會過上跟母親差不多的生活。

後來母親生病死亡，成為孤兒的她加入了盜賊團，接受過一段時間的盜賊訓練，之後一次失手，她和其他夥伴差點被打死。

重傷的她，奄奄一息倒在路邊，剛好瑪麗蓮婆婆經過那裡，救了她一命。

後來瑪麗蓮婆婆發現她有魔女體質，給了她一瓶藥劑激發她的天賦，之後又送她到魔女學院學習，讓她過上了另一種生活。

從學院畢業後，蒼蘭在外面歷練了一段時間，覺得自己的水準和經歷足夠前來尖帽子占卜屋應徵了，她才跑來找瑪麗蓮婆婆，想要報恩。

在尖帽子占卜屋工作幾年後，她就升職成為主管，協助婆婆管理占卜屋的經營。

就在蒼蘭追著大叔打的時候，一抹黑影形成牆面，攔在兩人之間。

兩人停下動作時，黑影牆上又出現一張嘴，瑪麗蓮婆婆的聲音傳出。

「戈里克，別逗我家魔女，上來吧！」

說完這句話，黑影化成了一隻烏鴉，懸浮在半空，等著領路。

戈里克笑了笑，朝蒼蘭友好地點了點頭，而後跟著烏鴉離開。

「……」

蒼蘭默默地決定加強攻擊魔法的訓練，還打算找個刺客來學幾招，下次再有人鬧事，絕對要在對方身上戳出幾個洞來！

戈里克跟著烏鴉進入頂樓的房間，這一層樓是瑪麗蓮婆婆的辦公室間休息區。

辦公室的裝飾華麗雅緻，仿造宮廷的裝潢布置，瑪麗蓮婆婆坐在雕刻精緻並鑲嵌著寶石的金色座椅上，這座黃金和寶石打造的高背座椅是某國國王贈送她的禮物。

「呦！這張椅子還在啊？被日光這麼一照，金燦燦的，簡直要閃瞎我的眼，這麼特殊的接待禮儀，難道就沒有人跟妳抗議？」

瑪麗蓮婆婆穿著一身黑紅相間的法袍，褐色長髮整齊地盤起，容貌看來約莫四十出頭，完全看不出她已經活了一個世紀之久。

在戈里克就坐後，瑪麗蓮婆婆的指尖輕敲桌面，桌上的茶具就自動活動起來。

繪著玫瑰花樣式的白瓷茶壺和茶杯扭著身體，來到戈里克面前，為他倒了一杯冒著熱氣的紅茶。

戈里克笑了笑，指尖同樣敲敲桌面，牛奶罐和糖罐也跟著蹦蹦跳跳地跑來，為他添加牛奶和五茶匙的糖，將紅茶變成香甜的奶茶。

他端起茶杯，吹了吹熱氣，慢悠悠地喝了一口。

濃醇的奶香和茶香交織，奶茶滑順溫潤，滋味柔和甜美，讓他不禁滿足露出微笑。

喝了半杯後，戈里克這才說出來意。

「我前幾日夜觀星象，發現星辰變動，又聽說妳收了一個天賦高超的男弟子，就好奇的跑來看看……」

瑪麗蓮婆婆扯了扯嘴角，皮笑肉不笑說道：「都說言語傳過三人必成謠言，這話還真是不假。」

不過是讓羅蘭來打幾天工，就變成她收男徒弟了！

「雖然占卜師可以卜算未來、窺探真相，可是比起真實，大家還是更喜歡虛假、有趣的謠言，這就是人性。」戈里克微笑著說道。

他見到羅蘭時已經暗中觀察過他，戈里克敢用自己的占卜師榮譽發誓，這孩子一點點占卜師的天賦都沒有，根本就不是幹這行的料！

不過這樣一來，瑪麗蓮婆婆讓他進店打工的動機就更加可疑了。

看出戈里克的想法，瑪麗蓮婆婆也不隱瞞，坦率說道。

「他的未來成就不低，在他還沒出名之前，先跟他結個善緣，日後說不定能為尖帽子進行宣傳。」

聽了解釋，戈里克眼睛一亮，摸著下巴說道。

「他的勇者團還沒建立吧？像這種新成立的勇者團，最需要有一位占卜師為團隊指點方向了……」

「你想要跟我搶人？」

瑪麗蓮婆婆冷哼一聲，瞇著眼睛瞪向他。

她讓羅蘭來尖帽子占卜屋打工，就是想讓他跟店裡的占卜魔女們認識，即使當不了他的團隊夥伴，以後也可以多多聯繫，加深交情。

等到羅蘭在大陸闖出名號，她再聘僱幾位吟遊詩人，讓他們為羅蘭與尖帽子占卜屋譜寫故事、傳唱大陸，提升尖帽子占卜屋的名氣。

最初的小鎮勇者艾尼克斯，他的勇者團夥伴中就有一位占卜師，在艾尼克斯揚名大陸後，那位占卜師也成為炙手可熱的大人物，許多達官貴人爭相聘僱，還在占卜界的歷史上留名。

瑪麗蓮婆婆就是想要模仿那位前輩的成名之路，給尖帽子占卜屋營造名聲。

尖帽子占卜屋因為有瑪麗蓮婆婆坐鎮，目前在占卜界算是頗有名聲，可是等到瑪麗蓮婆婆離開了該怎麼辦呢？

尖帽子占卜屋是她的心血，就算遲早有一天它會沒落、會消失，瑪麗蓮婆婆也希望這一天能夠晚點出現。

羅蘭不知道瑪麗蓮婆婆的想法，依舊在街上賣力地宣傳，為尖帽子占卜屋招攬客人。

04

羅蘭在尖帽子占卜屋只工作了半個月，就被瑪麗蓮婆婆喊停了。

羅蘭也不失望，反而鬆了口氣。

因為他在尖帽子占卜屋的工作實在是太輕鬆了，每天就是在外面發一百張傳單，跟遊客推銷尖帽子占卜屋，傳單發完就能回店裡休息，完全沒有業績壓力。

要是遇到下雨天，他就不用出門，待在尖帽子占卜屋裡聽占卜魔女們玩鬧聊天，等著下班時間到來，輕輕鬆鬆地混過一天。

他甚至不用幫忙打掃清潔，這些工作都有各種施了魔法的掃除工具負責。

工作輕鬆，每天都能吃到各式各樣的精美下午茶，給的工資又挺豐厚的，日薪十金幣，比之前的打工工資都要高呢！

這麼好的福利待遇，實在讓羅蘭覺得很心虛。

「這點工資算什麼？我們這個鄉下地方，物資便宜，薪資也很低，要是換成那些大城市，日薪一百金幣是常態，有本事的人甚至能拿到一天一千、一萬金幣！」

瑪麗蓮婆婆將工資交給羅蘭，笑盈盈地調侃道。

「雖然你只在尖帽子打工半個月，但是你入了尖帽子，就是尖帽子的人了，以後要是在外面遇到麻煩，就打通訊過來，雖然尖帽子的勢力不大，但是庇護你幾分、為你指點方向還是能辦到的。」

「好，我知道了，謝謝婆婆。」

羅蘭樂呵呵地收下工資，並沒有將婆婆說的庇護話語放在心上。

他從沒想過自己會離開小鎮到外界闖蕩，而在艾尼克斯勇者小鎮裡頭，小麻煩他自己能解決，大麻煩就交給老師和長輩們，他實在想不到會有麻煩到尖帽子占卜屋的地方。

不過這是瑪麗蓮婆婆對他的關愛，羅蘭自然不會反駁或拒絕。

羅蘭的下一份打工工作是撿金尋人隊打工。

「撿金尋人隊」一看名字就不同尋常，這其實是替那些冒險者尋回屍骨的工作。

冒險者們在外遊歷，自然會遭遇各種危險，不少人直接命喪冒險途中，再也回不了家，也有些運氣好的人存活在事故現場，等待救援。

在這種情況發生時，不少冒險者的家人都會付出巨資，請其他冒險團或是厲害的人為他們找回失聯的親人、或是屍骨和遺物，另外也有一些是受了死者的委託，將他們的屍體或是遺物帶回給家人的。

時日久了，就形成了一條產業鏈，一些藝高人膽大的人就組織了尋人團隊，專門幫人尋找遇難親人和運送屍骨、遺物。

羅蘭即將打工的這個「撿金尋人隊」也是如此。

原本，他們的團名是「尋屍團」，可是這個名字雖然簡單明瞭，對於期盼遇難親人平安的家屬來說，實在是太過揪心了，所以團隊一開始沒有幾單生意，收入低得差點面臨解散。

後來經人提醒，團長將團隊名稱改成撿金尋人隊，看上去像是尋寶團隊的名字，意喻較好，生意也就多了起來，團隊成員都賺得錢包鼓鼓，生活富裕。

也因為撿金尋人隊需要跑到危險地區，路途遙遠，而且會發生各種意外狀況，這份打工就被羅蘭放到後面進行了，否則要是在打工時受傷了，其他的打工行程就要被耽擱了。

至於光輝之翼勇者培訓館的打工，維克哥哥說他不著急，等他完成所有打工工作後再過去就行了。

撿金尋人隊的團長是一名巫妖，名叫「馬爾科」，據說生前是一名貴族，喜愛學習，除了常見的各種知識外，黑魔法、靈魂學、藥劑學、煉金術、上古語文等等，他也都深入研究過，知識相當淵博，後來在一次研究意外中，他誤打誤撞地將自己煉製成不死的巫妖。

既然團長都是巫妖了，能被他找來的團隊成員自然也不尋常，有亡靈騎士、惡魔術士、不死族、骷髏人等等，非人類比人類還多，平常很難見到的黑暗側職業和種族，只要去撿金尋人隊轉一圈，就能看個七七八八，這也是撿金尋人隊名聲響亮的另一個原因。

因為是黑暗側的人，成員們大多有著晝伏夜出的習慣，少數作息正常的成員就負責白天的接待事宜，這也讓撿金尋人隊變成兩班制，可以二十四小時接待來客。

羅蘭前來報到的時候，撿金尋人隊的成員正好在接待一群哭哭啼啼的家屬。

「他們已經失聯十天了，我們用各種方法都聯繫不上，請一定要幫我們找回他們嚶嚶嚶……」

「我們之前找過幾個團隊，他們一聽說要去尖叫峽谷，都不肯去，後來我們打探

到，你們這裡有接尖叫峽谷的任務，就過來了，請幫幫我們……」

「我們的孩子才一歲，馬克還說等他這趟任務完成，就能好好在家裡陪我跟孩子房子，沒想到嗚嗚嗚嗚……」

「哥哥說這次任務的酬金很高，等他回來我們家就能換大房子，每個人都有自己的房間，可是、可是……」

面對一堆「嚶嚶」和「嗚嗚」哭著的家屬，負責接待的成員名為「內格爾」，是一名不死族。

他顯然很有應對經驗，在對話過程中，將家屬們提供的線索一一紀錄下來，並在他們喝光杯裡的茶水時，適時地添上安撫情緒的花草茶，讓家屬們在補充水分之餘也可以讓激動的情緒漸漸平穩。

眼角餘光見到羅蘭，內格爾示意他先到旁邊坐著，別傻愣愣杵在門口。

羅蘭點點頭，自己跑去茶水間拿了飲料和進食時不會發出聲音的蛋糕和布丁，坐在接待區的沙發上，一邊聽著他們的對話、一邊安靜地吃著。

在這群人離開時，羅蘭也清楚了全部情況。

這群人是失蹤的冒險團的親友，同時也是冒險團的職員。

這樣的情況很常見。

家裡有人成為勇者或是冒險者，跟其他人組了團隊，他的家人就會自然而然地加入這個冒險團，成為後勤成員，這是最常見的家庭模式團隊。

羅蘭想起維克哥哥曾經說過：**「世人總認為，親人是最值得信任、最不會背叛的，所以在尋找團隊職員的時候，他們會拉自己的親友加入團隊，完全不考慮這些人是否有符合職位需求的知識和技術……」**

後勤是隱於後方的幕後團隊，很多人都忽略了它的重要性，後勤的工作包括但不限於調查任務資料、規劃路線、準備任務需要的物資、販賣任務中獲得的物品，在任務面臨意外或失敗時安排備用方案，以及冒險團遭遇險境時，安排救援行動。

這些項目看起來簡單，其實有各種細節和訣竅需要注意，有些環節要是沒有人脈和門路，甚至會導致冒險團的任務失敗。

眼前這群人就是如此。

他們只收集了一些尖叫峽谷的基礎資訊，就以為自家人可以應付尖叫峽谷裡頭的怪物，可以執行這趟任務，殊不知，尖叫峽谷除了亡靈眾多之外，還有各種毒物和危險的無人區。

更可怕的是，這群後勤家屬不僅無知，還吝嗇！

他們沒給冒險團找當地的嚮導領路，自己跑去黑市買了一張簡陋地圖，以為這樣就可以安全地完成任務。

結果好了，把他們的爸爸、叔叔伯伯、哥哥弟弟都坑死在裡頭了！

了解情況後，負責接待的內格爾拒絕了這個案子，客氣而強硬地送他們離開。

「呼～～難怪他們之前找的團不接單，一群吝嗇鬼。」

內格爾扭了扭脖子，活動著僵硬的肩頸。

這群人嘴上說著擔心，著急找人，卻在內格爾開出尋人價碼時，拚命跟他砍價，還要求要找回活人，要是人已經死了就算尋人任務失敗，他們不付錢！

呵，在尖叫峽谷失聯十天，還想找回活人？

作夢呢！

05

「你來的時間點正好，這段時間是我們最忙的時期，接了很多單，非常、非常、非常缺人！」

現在正值狩獵季中後半時間段，在這個時間點，哪個冒險團大豐收，哪個冒險團出事了，消息都已經往外傳開，接下來就是尋人、尋屍團隊的忙碌期。

「燃燒堡壘接了好幾筆大單，明天早上出發，你先將資料看一遍。」

內格爾將一疊資料遞給羅蘭，上面條列著前往燃燒堡壘時，需要注意的各種事項。

燃燒堡壘距離艾尼克斯勇者小鎮不遠，隔著一座千山山脈和一處廣闊的黃土沙漠，搭乘飛艇過去，一天即可抵達，要是走傳送陣那就更快了，一眨眼就到了。

「燃燒堡壘不知道出了什麼事，最近的危險等級提高了，好幾個資深冒險團、勇者團都失足在裡面……」

在羅蘭看資料時，內格爾用一種莫名興奮的語氣嘀咕著。

「本來你一個來打工的新人，不應該讓你去那麼危險的地方，可是今年接的單子太多了，人手嚴重不足，團長找了好多幫手幫忙，還是忙不太過來，就連惡魔術士都拋棄了他的『精品』規矩，奴役了一批低等惡魔來幫忙，他可是最看不上那些低等惡魔的……」

「不過你也不用擔心，這次去燃燒堡壘，團長可是請了他的老朋友出馬！」

沒等羅蘭詢問，內格爾又自顧自地往下說。

「團長的老朋友是誰你不知道吧？嘖嘖！我以前就覺得團長的人脈很廣，到處都有他的朋友，沒想到他的人脈竟然那——麼——廣！」

「團長的老朋友是棺族！棺族啊！團長竟然有一個棺族朋友！就是那個神秘又經常出現在各種傳說裡的棺族！」

內格爾手舞足蹈、語無倫次地嚷著。

「我看到那位棺族時完全驚呆了！」

棺族是一個特殊種族，名氣雖然沒有龍族、精靈族、獸人族響亮，可是論起神秘性，棺族是吟遊詩人和創作者必定研究的題材！

棺族一出生就自帶一個棺材，據說那棺材是他們的伴生體，棺族的能力強弱全看棺材而定。

以前曾有人傳說，棺族用戰場上的屍體培育棺材。

那些傳謠的人信誓旦旦，說那棺材會吃屍體！

也因為負面傳聞，曾經有一段時間，棺族被視為邪惡的族群，成了被追殺的對象，搞得全部棺族都遷族隱世去了。

也是在棺族離開這片大地後，人們才發現，世界被煞氣籠罩，許多怪物從煞氣中誕生，屠殺了不少生靈。

這時，才有人跳出來為棺族澄清，說棺族雖然會將死屍放進棺材中，卻不是將屍體餵給棺材，而是讓棺材吸收屍體的煞氣。

人活著的時候會有「生氣」，死的時候生氣轉為死氣，煞氣就是生氣轉死氣時的伴生物，也有人說，煞氣是死氣加上死者生前的不甘、懊惱、渴望、期盼等情緒生成的。

普通人死後，煞氣會在半天到一天內消散，而強大的戰士、法師等等，他們的生氣龐大、氣勢強大，死亡後，伴生而出的煞氣也會越發強烈。

棺族用來餵養棺材的，就是強者死後的煞氣。

根據棺族的說法，強者死後的煞氣很難消除，這些沒能消失的煞氣會影響當地環境，甚至能將一座城市變成死城。

最明顯的例子就是戰場。

許多戰場在戰爭結束後，成了一片荒蕪，原本生機勃勃的地區變得寸草不生，就連動物也不想在當地久留，行經此處的路人會覺得不適，加快速度離開，這些就是最好的明證。

只是這時候眾人後悔也沒用了，沒了棺族吸收煞氣，人們只能眼睜睜看著煞氣覆蓋大陸，侵占人們生存的土地。

後來煉金術師研究出吸收和轉化煞氣的機器，才讓大陸上各族能夠存活到棺族願意重新出世的時候。

只是因為被追殺的歷史實在是太過慘烈，棺族開始迴避各族，隱匿自身行跡，不再像以前那樣肯出現在世人面前。

各族心懷愧疚，自然也不會勉強棺族，他們還主動供應各種物資給棺族，並在各個棺族會出現的地方設立休憩站，讓棺族和路過旅人能有個地方落腳歇息。

羅蘭背下文件上的注意事項後，就被內格爾趕回家收拾行李了。

隔天早上，羅蘭來到店裡集合，門口的大庭院停著一架飛艇，幾名成員站在飛艇門口交談。

「隼克啼大叔、木骨大叔、大衛叔叔、朗姆哥哥……早安。」

羅蘭笑嘻嘻地上前，一連串地喊名問好。

「早啊！你來我們這裡打工了啊？」

「挑最忙的時候過來，你可要累慘了！」只比羅蘭年長五歲的朗姆調侃道。

「我會努力不拖後腿的！」羅蘭信誓旦旦保證。

「朗姆，你可別小看羅蘭，說不定他的體力比你好！」隼克啼大叔打趣道。

「怎麼可能？」朗姆不信，「我跟著團隊歷練三年多，他一個剛入行的小朋友怎麼可能贏過我？」

「不聽老人言，吃虧在眼前……」

「要不，這趟你們就比一比？」

「對對！比一比！」

「比什麼？比殺的怪物數量？」

「比找到的人或屍體……」

「比看看誰受女人歡迎！」

「比喝酒！」

「羅蘭還是小孩，喝什麼酒？比飯量！看誰吃得多！」

其他人在一旁瞎起鬨，氣氛頓時熱鬧起來。

其實他們也只是嘴上說著玩，不可能真讓羅蘭他們進行比試。這趟任務要去的燃燒堡壘，原本就有不低的危險性，聽說前幾天，燃燒堡壘的危險等級又被提高一級，要是瞎胡鬧，弄出事情來了怎麼辦？

「給，這是你的物資包。」

後勤成員將屬於羅蘭的物資包遞給他，裡頭有撿金尋人隊為出行成員準備的各種物資。

撿金尋人隊的福利很好，出任務都是由隊裡準備需要的物資，成員只需要帶上自己的衣物、日常慣用品和武器即可。

出發的時間一到，所有人迅速登上飛艇，補眠的成員窩在房間睡覺，不想睡覺的就待在飛艇的大廳，自己找事情消遣。

「不是說會有棺族的人參加？怎麼沒見到？」羅蘭一邊吃著飛艇供應的餐點，一邊左右張望。

「棺族直接在燃燒堡壘跟我們會合。」隼克啼大叔回答道。

「聽說棺族很強大？他們用棺材當武器？那要怎麼攻擊啊？」羅蘭十分好奇地追問。

「唔……扛起棺材砸人？」一旁的朗姆插嘴說道。

「那不會很不方便嗎？」羅蘭比劃了一個扛棺材揍人的姿勢，「這樣把棺材往上舉的時候，前面門戶大開耶，到處都可以被攻擊耶！」

「或許是橫掃的方式？」朗姆雙手抓起椅子，擺出一個橫向揮掃的動作。

「這也是一樣啊！你看，這樣掃過去以後，背部就空了。」羅蘭扭過上半邊的身子，「要是有敵人從背後偷襲，他還要將棺材掃回來，動作也很彆扭……」

「不用將棺材掃回來啊，直接轉圈掃一圈就可以……」

朗姆走到空間較大的地方，抓著椅子轉了一圈。

「一直轉圈圈？不會頭暈嗎？」羅蘭好奇地問。

「也許棺族天賦異稟？不會頭暈？」

隼克啼大叔笑盈盈地看著兩人比劃動作，做出各種猜測，完全沒有告訴他們——

棺族其實是法系職業喔！

第六章　撿金尋人隊的任務日常

01

「燃燒堡壘」如同其名。

整個區域像是正在燃燒以及已經燃燒過後的模樣。

土地是紅黑相間的色調，以紅砂土質和灰黑色的固體物質構成，處處冒著灰白色霧氣跟黑色煙霧，有些坑洞和地面裂縫還會冒出火焰，像是一座燃燒中的活火山。

還沒走下飛艇，負責這次帶隊的隼克啼大叔就叫他們喝下可以抗高溫的清涼藥劑，以便抵禦燃燒堡壘的酷熱。

燃燒堡壘終年高溫，即使現在已經步入涼爽的秋季，這裡的氣溫仍然有四十幾度，一個不小心就容易中暑。

來到預定見面的涼茶棚，棺族已經在裡頭等待。

出乎眾人意料，出現的棺族竟然有兩個人。

他們穿著同一款式的黑袍，戴著遮去半張臉、只露出嘴唇和下巴的面具，身後飄浮著與他們身高相等的棺材。

這兩位棺族一高一矮，高的有兩米高，矮個子的身高跟羅蘭差不多，兩人站在一起像是大人帶著小孩一樣。

「你們好，我叫哈達。這是我的孩子，我帶他一起來歷練。」

面對眾人的疑惑，高個子棺族語氣平穩地解釋。

「……大、大家好，我叫、哈瓦。」

被叫到的棺族小孩用極為輕細，如同蚊子嗡鳴的音量說道。

即使在場的人都受過訓練，五感敏銳，但也差點沒聽清楚他說了什麼。

「這樣正好，我們隊裡也來了個新人，他們兩個正好作伴！」

隼克啼大叔看出哈瓦的性格內向，便找了羅蘭跟他結伴。

「羅蘭，你跟哈瓦都是第一次來這裡，要互相照顧，知道嗎？」

「好！」

羅蘭朗聲答應，並朝哈瓦的方向走了兩步，向他表示親近和歡迎。

「……」

哈瓦藏在斗篷底下的身體一僵，腳下悄悄地朝父親的方向移動一步，跟羅蘭拉開距離。

羅蘭眨了眨眼，又朝他靠近一步。

哈瓦縮了縮身體，朝父親的身後躲了一步。

兩人就這麼你進我退，哈瓦最後完全貼到父親身後，就像是要鑽進父親的棺材裡一樣。

羅蘭並不是在捉弄對方。

他能感受到哈瓦對他並不排斥，但就是不明白為什麼哈瓦一直躲著他？

遇見新朋友不是應該要開心的一起玩嗎？怎麼哈瓦反而不想跟他玩？

感受到哈瓦顯露出緊張和不安的情緒，他納悶地摸摸頭髮，往後退開幾步，拉開一個讓哈瓦能夠覺得放鬆的距離。

察覺到羅蘭退開，哈瓦小小地鬆了口氣，他實在很不擅長跟外人打交道，也不習慣人多的地方，一有人親近他，就想躲進棺材裡。

只有躺在自己的小棺材裡，哈瓦才會覺得舒適自在。

哈瓦的心態其實是絕大多數棺族人的想法，只是哈瓦的「避世感」更加嚴重，他連自家族人、同輩的孩子都無法好好相處。

這樣可就不行了。

棺族人在面對外界人的時候，雖然會孤僻、不理人，可是跟自家族人相處時還是很正常的！

如果哈瓦只是資質普通的棺族，他的父母自然就放任他，隨他的心意生活。

然而，哈瓦的天賦很不錯，學習和修煉進度都是族裡孩子最快、最好、最優秀的。

只要哈瓦日後不出意外，往後肯定是要繼承族裡的重要職位。

因此，哈達不能放任他躲避。

他也沒有要求哈瓦要變得能言善道，他們棺族就沒出現過能言善道的人，全都是沉默的石頭。

像哈達這種可以跟外族人交流和組隊的棺族，已經算是相當「活潑」的！

哈達只希望自家孩子可以跟人交流一二，在外界行走和承接任務時不受外族欺騙，這樣就可以了。

互相介紹過後，一群人也就進入正題了。

「這次接的委託是團體訂單，要尋找三個失蹤的冒險團，根據雇主提供的情報，他們最後是在這三處失去聯繫的，而這裡是他們的任務目標……」

隼克啼大叔拿出地圖，在上頭指指點點，讓隊員們清楚任務要去的地區。

「三團都是同一個任務目標？」哈達挑眉，語氣有些古怪。

如果他們的任務目標是同一個，會不會是在爭奪任務物品的時候互下殺手，最後同歸於盡呢？

如果都死了那還行，要是其中有人沒死，他們在護送倖存者返回的途中，很可能遭遇他們為了報仇而爭鬥，整個尋人團都有可能會因此遭遇危機……

「放心，這三團是受僱護衛雇主前去禁區的，雇主是同一位，不會有爭奪戰。」

隼克啼大叔他們怎麼可能接會引起麻煩的任務？

早在承接任務之前，他們就已經將事情經過調查妥當了。

「雇主的兒子成立一個勇者團，但是幾年下來一直紅不起來，最後就想要利用燃燒堡壘的禁區打響名聲……」

不過雇主兒子和他的勇者團也不是厲害人物，為了自己的小命著想，他們當然會找保鏢護送他們進去。

只是他們小看了燃燒堡壘的禁區，這個禁區，進去容易出來難。

三團資深冒險團的人，拚了死命才將雇主兒子安全送出，不少人都因此命喪禁區裡頭。

就連雇主兒子的勇者團也只剩雇主兒子和他的兩個情人存活。

這其中有沒有什麼內情，只有當事者自己知道。

隼克啼大叔只聽說，那位雇主事後付給三個冒險團的酬金翻了幾倍，還額外贈送很多名貴禮物，這才將三個冒險團安撫下來。

收集這些八卦不是為了消遣，是為了多加了解任務的細節。

知道這三個冒險團不是競爭關係，他們就可以安心一些，在成功解救他們時，可以將他們安置在一起。

如果他們彼此之間有仇恨，那仇恨又很可能連累了尋人團。

反正雇主也沒要求一定要找到活人，而且屍體比活人更好運送處理。

討論完畢，他們跟茶棚採購的幾十桶涼茶也準備完畢。

涼茶是消暑解渴的好東西，比白開水還要好，所有到燃燒堡壘的人，都會買上幾桶飲用。

涼茶跟他們喝的清涼藥劑並不衝突，藥劑一天只能喝兩瓶，多了怕會造成體內血液不流通、臟腑凍傷，涼茶因為藥效低，喝再多也沒事。

成員們身上的大型背包是空間儲物包，裝下幾桶涼茶不成問題，而棺族盛裝東西的方式就特別了。

他們將涼茶裝入棺材裡！

「……那棺材不是裝屍體的嗎？」朗姆低聲嘀咕，「這樣會不會竄味啊？」

屍體味的涼茶？

噫——

朗姆瞬間頭皮發麻。

大概是他的表情太過明顯，隼克啼大叔拍了一下他的腦袋，打掉那些亂七八糟的想法，沒好氣的說道。

「瞎想什麼？他們的棺材裡有很多空間，東西都是分門別類的存放！」

朗姆想的事情，隼克啼大叔也曾經疑惑過，後來是從團長那裡得到答案。

團長說，當初他也是傻愣愣地向哈達問出這個問題，得知棺材裡頭分割了許多空間後，團長還開玩笑的說。

「幸好空間有分割開，不然你的衣服、食物都是一股屍體味，那多噁心啊！」

然後哈達就露出一個陰森森的笑容，將團長關進棺材裡，讓他體驗棺材裡頭的環境。

雖然不知道團長在裡頭遭遇了什麼，但是後來團長相當慎重地警告過隼克啼，叫他千萬別在哈達面前犯這個忌諱！

02

一切都準備妥當後，撿金尋人隊在當地租賃了六輛四輪魔動車，就這麼浩浩蕩蕩的出發了。

四輪魔動車是熱愛研究科技產物的地精的產品，它的外觀看起來就像一個大長盒加上四個大輪子，車體是用堅固的鋼鐵框架組成，強硬、不易碎的魔晶玻璃作為車窗，頂端的車頂是可以打開的，方便進行攻擊和乘客進出。

燃燒堡壘的地形崎嶇不平，除了有高山、低谷、懸崖和峭壁之外，地面還有不規則的各種裂縫，以及大大小小的坑，而四輪魔動車就是因應這樣的地形創造的。

它具有懸浮和短程飛行的功能，遇山跨山、遇水過河，甚至還能以垂直的角度在峭壁行駛，可以說是燃燒堡壘的最佳交通工具之一。

其他的交通工具還有雙輪魔能車、八輪魔動大車、魔動列車、飛艇等等。

考慮到機動性、安全性和尋人的便利性，四輪魔動車是最適合撿金尋人隊的車輛。

羅蘭、隼克啼大叔和棺族父子哈達和哈瓦共乘一輛車。

隼克啼大叔和羅蘭坐在駕駛和副駕駛位置，棺族父子坐在後座。

原以為棺族父子會將棺材放到後面的置物空間，卻沒想到他們卻是把車頂打開，就這麼抱著棺材一同入座。

後座寬敞，坐上四個人也沒問題，棺材正好占據了兩個座位。

高高的棺材突出車頂，像是莫名多出了一高一矮的兩根柱子。

棺族「棺不離手」竟然是真的啊……

羅蘭在心底驚嘆，並將這件事情記下，打算回家後跟維克哥哥分享。

趕路的行程很枯燥，即使燃燒堡壘的景觀很特殊，紅色的沙土，黑色的火山錐、火山穹丘，被火熱的岩漿沖刷形成的熔岩高原，湧動的紅色岩漿，冒著白色霧氣的火山湖，以及稀稀疏疏的火山地區特有植物。

景觀很特別，很好看。

可是看多了、看久了，也差不多就那個樣子。

只是他們又不能在車上睡覺，這裡可是燃燒堡壘，一級危險地帶，一不小心就有可能命喪這裡，只能努力提振精神。

羅蘭沒有這樣的苦惱。

他開開心心地看著風景，時不時地拿出影像記錄器進行拍攝，打算將景觀拍回家跟親朋好友分享。

閒下來了，他就開始吃東西，甜甜圈、漢堡、豬腳、炸雞排、水果、小蛋糕……

他不只自己吃，還熱愛跟人分享。

「隼克啼大叔、哈達叔叔、哈瓦，你們要不要吃烤雞？這個烤雞是彩羽雞做的，肉質很嫩、很有彈性，烤醬是瑪莎奶奶的秘製烤醬，快要烤好的時候還會刷上一層蜂蜜水，皮吃起來又脆又香，很好吃喔！」

既然羅蘭都這麼大力推薦了，他們自然也不拒絕，隼克啼大叔將車子轉成自動行駛模式，笑著接過羅蘭遞來的烤雞。

一人一隻。

一隻烤雞約莫三公斤重，去掉骨頭，也差不多就是兩公斤多。

以他們的食量，吃完是沒有問題的。

只是吃完了烤雞，羅蘭隔一段時間就又塞給他們漢堡、甜點、水果、蛋糕等食物，一路吃下來，就讓他們有些吃不消了。

隼克啼大叔看著羅蘭依舊扁平的肚子，大為驚嘆。

「那麼多東西，你都吃到哪裡去了？」

羅蘭歪歪腦袋，拍了拍肚子回道：「肚子裡呀！」

「你的肚子是無底洞啊？」隼克啼大叔笑道。

「還好啦！跟龍族比起來，我的食量不算什麼。」

見識過龍族的大食量後，羅蘭就覺得自己真的吃的不多。

「人家是什麼體型，你又是什麼體型？」

隼克啼大叔還是第一次遇見有人這樣比較，頓時有些啼笑皆非。

後座的棺族父子始終保持沉默，但他們同樣對羅蘭放了幾分關注。

在哈達看來，笑容燦爛、性格開朗又知進退的羅蘭很適合當他孩子的同伴，作為哈瓦接觸外界的第一個朋友。

不過這一切還是要看兩人自己的意願。

他不會去強迫哈瓦或是羅蘭做不願意的事情。

「喔喔喔！有岩甲豺狼出現，可以活動活動筋骨了！」

羅蘭興奮地指著不遠處正在朝他們包圍過來的豺狼群。

一路上他們遇見不少魔獸群，只是那時候他們正在趕路，油門一催，車隊快速前進，直接將這些魔物甩開。

經過一天一夜的急速趕路，他們現在已經從外圍區進入燃燒堡壘的中心地帶，沿途地形崎嶇不平，危險甚多，車隊的速度必須放慢下來，自然也就不能仗著車速甩開魔獸的追擊。

「在車上悶了一天，你們也悶壞了，就放你們下去玩玩。」

隼克啼大叔朝羅蘭笑了笑，伸手打開車上的通訊器，將指令發布下去。

現在他們在中心地帶的外圈，在這個區域開始活動筋骨、熱熱身，等到進入真正的中心區後，就沒有這麼悠閒的環境讓他們放鬆了。

當他們下了車並做好戰鬥的準備時，岩甲豺狼群也形成包圍網，圍繞住車隊。

對棲息在燃燒堡壘的魔獸來說，這些外來的兩腳獸是相當可口的美食，皮肉細膩柔軟，血液甘甜，不像這裡的物種，身上披鱗帶甲，肉質堅硬柔韌，有的還帶毒、帶腐蝕特性，牙口不好、抗毒能力不強的都吃不下去。

兩腳肉唯一的缺點就是肉太少，吃不飽，只能當成美味的點心解解饞。

岩甲豺狼群發出此起彼落的鳴叫聲，用牠們獨特的語言評論著眼前的小點心。而人類這方也同樣議論著岩甲豺狼群。

「岩甲豺狼最煩了，數量多，老是喜歡偷襲人，每次來都會被牠們纏上！」木骨大叔滿臉的不滿。

「最討厭的是，這些豺狼打死一批還會出現一批，源源不絕！」大衛也開始發著牢騷。

「跟牠們打架，浪費時間也就算了，東西還很不值錢！牠們的肉有一股腐臭味，就只有皮毛能賣，而且價格還被壓的非常低，連帶貨的腳錢都算不上，費時費力，還要花傷藥錢跟武器維修費，簡直是虧大了！」另一人咧著嘴，心疼地埋怨道。

「來來來，沒打過岩甲豺狼的都過來，這批就交給你們了。」大衛招呼道。

隼克啼大叔也跟著說道：「燃燒堡壘的魔獸大致分三種，一種就是像岩甲豺狼這樣，皮毛堅硬的像是岩石，另一種就是帶毒、帶腐蝕性的，最後一種就是又有岩甲又有毒的……」

也就是說，新手們只要學會如何獵殺岩甲豺狼，對付同一種類的魔獸就不成問題了。

「上吧！我們為你們壓陣，不用怕！」木骨大叔笑得慈祥和藹。

沒打過岩甲豺狼的新人只有羅蘭、哈瓦和朗姆三人，他們也是隊裡年紀最小的。

「衝！」

朗姆揮舞著手上的大刀，吼叫著第一個衝出去。

他接連往岩甲豺狼身上砍了好幾刀，刀刃揮砍在岩甲豺狼身上，發出清脆的金屬撞擊聲響。

「鏘、鏘！鏘鏘鏘！鏘……」

聲音聽起來很清脆，只是這一連串的響聲就只是響聲而已，對岩甲豺狼並沒有造成什麼損傷。

羅蘭握著長刀站在一旁圍觀，仔細觀察著朗姆和岩甲豺狼的戰鬥，直到朗姆被逼得退場後，他才像一道流星似地衝了出去。

刀起，刀落。

「鏘！」

一般人砍中岩甲豺狼的皮毛後，刀刃就被堅硬的皮毛卡住，難以深入，先前朗姆就是這樣。

然而，羅蘭的刀口卻是毫無停頓，不斷往皮肉骨骼的位置深入，直到將岩甲豺狼的脖頸分離。

刀光閃逝，空中血花飛濺，岩甲豺狼的腦袋在地上滾了幾圈、沾了不少火山灰，而後才緩緩停下。

「咦？」

「力氣挺大的啊……」

像這種一刀砍斷腦袋的行為，隼克啼大叔他們也能做到，但那是他們已經熟悉戰鬥，知道該怎麼揮砍，該往哪個部位、哪個角度下刀的經驗總結。

換成剛開始接觸這種岩甲豺狼時，隼克啼大叔他們也辦不到這麼漂亮的戰鬥方式。

是湊巧砍在那一點上嗎？

隼克啼大叔他們打算再觀察看看。

03

事實證明，羅蘭的攻擊並不是誤打誤撞，他是真的看出了岩甲豺狼的防禦薄弱處。

羅蘭的每一刀揮砍都直衝弱點而去，簡潔俐落，幾乎都是一、兩刀就了結岩甲豺狼的性命。

動作行雲流水，流暢自然。

起初羅蘭的動作還有些生澀，但是一刀又一刀的累積下來，他的進步迅速，先前犯過的錯誤馬上就會改正，不會重蹈覆轍。

即使是跟岩甲豺狼戰鬥多年的隼克啼大叔他們，也無法說自己能做得比羅蘭更好。

一旁悶不吭聲的哈瓦，也表現得很出彩。

他「指揮」著身後的棺材，用棺材撞擊岩甲豺狼，或是為朗姆擋下來自背後的攻擊。

哈瓦念動咒語，驅動棺材分出兩道黑影，在三人身邊形成一個防護圈，讓岩甲豺狼群不能一擁而上將他們圍困住，把場面控制得極好。

相較之下，朗姆的戰鬥就有些吃力，出現了許多新人會犯的錯漏，符合隼克啼大叔他們的預期。

雖然戰鬥力略遜色，但是朗姆的團隊合作意識很好，懂得配合隊友、聯手作戰，這也讓他們三個新手對上岩甲豺狼群的戰鬥沒有落居下風。

損失了十幾隻夥伴的岩甲豺狼群見勢頭不對，豺狼王仰頭發出一聲嚎叫，領著豺狼群逃之夭夭。

「呼、呼……終於走了。」

朗姆喘著氣，狼狽地跌坐在地，哈瓦也疲憊地坐在棺材上休息。

羅蘭的體力比他們兩個好，雖然同樣大口喘氣，卻還不至於連站都站不穩。

旁邊響起掌聲，圍觀的隼克啼大叔等人給予三隻小菜鳥鼓勵。

「做得不錯！比我想的好！」

「朗姆的體力還要多練練啊，回去就給你加訓！」

「沒想到表現最好的是小羅蘭……」

「正常的，小羅蘭的老師可是那位！」

「嘖嘖！要是我有小羅蘭這樣的本事，早就當勇者去了！」

「原來棺族是法系啊？我還以為他們是像拿雙手大斧那樣，扛著棺材揍人的！」

「扛棺材揍人也太費力了，掄一圈要多少時間啊？速度太慢了！」

「對啊，而且掄棺材揍人的畫面雖然很有衝擊感，但是一招下去，敵人沒被打倒的話，很容易被群毆的！」

「也不一定啊！如果力量足夠，一擊斃命，就不會被沒打死的敵人偷襲了！」

幾個人無視現場棺族的存在叨叨絮絮地討論著。

隼克啼大叔聽得尷尬，他身旁的哈達戴著面具，抿直的嘴唇看不出心情好壞，讓他頗為擔心會因為隊員的口不擇言而得罪這位大佬。

「咳！行了，該出發了！」隼克啼大叔催促著眾人離開。

跟岩甲豺狼戰鬥過後，現場的土壤被豺狼的血液滲入，染成了更深一層的紅色，血腥味容易吸引其他魔獸過來，他們不能在這裡多待。

「隼克啼大叔，這些屍體就這麼丟著嗎？」羅蘭舉手發問。

「對，就這麼丟著，會有腐毒禿鷲和亡靈烏鴉吃掉這些屍體。」

腐毒禿鷲和亡靈烏鴉是燃燒堡壘的「清道夫」，牠們是食腐類魔獸，會追逐死亡的氣息，吞噬屍體。

也多虧這些清道夫的存在，燃燒堡壘才能維持「乾淨」，路上僅見蒼白色的骸骨，不見生蟲長蛆的腐敗屍體。

雖然著急著找人，但是車隊前進的速度不快，主要原因是因為燃燒堡壘的地形、地勢過於複雜，路上有各種坑洞、岩石和突發意外擱路，一不小心就可能掉入深坑、輪胎卡在地表裂縫中、摔下懸崖、遭遇突然噴發的地熱泉甚至是岩漿，或是不小心闖進有毒的濃烈硫磺區中……

除了這些燃燒堡壘自然形成的「陷阱」之外，沿途還有各種魔獸攔路，讓車隊就算想要加速狂奔也奔不起來。

他們花費了三天，才來到當初圈定的第一個搜尋地點。

這三天裡，團隊的三位新人也因為頻繁的戰鬥獲得成長，不算白費時間。

「三人一組，一組一個生命探測儀，找仔細一點。」

隼克啼大叔拿出昂貴的尋人機器交給隊員們。

「找到就用通訊器聯繫，遇到危險發放求救信號彈，不要逞強，知道嗎？」

「知道啦！」

「是。」

「好。」

零零散散的回答在幽靜廢墟裡響起。

「隼克啼大叔，這個能夠分辨人和魔獸嗎？」羅蘭舉手問道。

「這個廢墟只有亡靈生物，亡靈生物在探測儀上會以藍色光點顯示。」隼克啼大叔回道。

生命探測儀的螢幕是黑色，偵測到生命體會以紅色光點顯示，而亡靈生物這種介於生死之間的特殊存在，同樣可以被偵測到，研發者就用另一種顏色的光點作為區隔。

「哈瓦跟羅蘭跟著哈達，朗姆、大衛跟我一組。」隼克啼大叔拆散了菜鳥三人組。

這一路上，羅蘭和哈瓦、朗姆三個菜鳥都是一同行動的，但在廢墟這裡，還是需要有一個老手看顧。

聽到組隊安排，羅蘭和哈瓦乖乖地來到哈達身邊。

哈達看了一眼自家孩子，而後視線轉移到羅蘭身上。

因為接連戰鬥的關係，哈瓦和朗姆身上都帶了幾分殺氣，眼神也變得更加銳利和具有攻擊性，唯獨羅蘭的氣勢和神情沒有變化，依舊是那個開朗又愛笑的小鎮少年，身上半點殺氣都沒有。

非常的不合常理！

不過考慮到羅蘭的父親，哈達又覺得合理了。

畢竟那位……也不是什麼正常人。

以棺族對外界人避之唯恐不及的情況下，能夠跟棺族玩成一片，深受棺族上下喜愛，甚至獲得永久居住權的外界人，哈達自出生以來也只見過那一位。

哈達的目光又在羅蘭身上掃了幾眼。

或許……隔幾年會迎來第二位？

羅蘭不知道哈達在想些什麼，他能感受到哈達對他的注視，不過因為感覺不到惡意，羅蘭也就沒有放在心上。

他湊在哈瓦身邊，笑嘻嘻地與他一同觀察生命探測儀，彷彿將這機器當成了玩具。

「怎麼都是藍點點，沒有紅點點？」

在廢墟裡走了五十幾分鐘，遇見了好幾波亡靈生物，羅蘭的情緒從興奮轉成冷卻，臉上的爽朗笑容也淡了不少。

哈瓦保持著一貫的沉默，但是嘴角也微微地下垂，表現出此刻的心情。

哈達笑了笑，寬慰道：「尋人本來就是這樣，就跟尋寶一樣，找了老半天才能找到寶藏。」

而且更大的機率是一無所獲。

「這機器是找活人的，如果那些人死翹翹了，我們用這機器找不到人，也找不到屍體，那該怎麼辦？」羅蘭想到一個盲點。

剛才他們尋人時，可是會特地繞過藍點匯集的區域，如果對方正好死在那裡呢？

「還有『暗影之眼』啊……」哈達指了指天上飛著的綠色眼球。

「暗影之眼」是從深淵中誕生的一種惡魔生物，它可以受到黑暗法師和巫妖操控，變成他們的「眼睛」，只要對暗影之眼輸入目標，它就能根據目標圖像進行搜尋，不管是尋人或是尋物都非常好用。

羅蘭默默地數了數天空中飛舞的眼球數量，困惑地歪了歪腦袋。

「十三個……有這麼多的暗影之眼，為什麼我們還要進來裡面找？」

等暗影之眼找到目標以後，他們再進來撿人或撿屍不就好了嗎？

04

「派人進去是因為要保護暗影之眼。」隼克啼大叔如此回道。

「暗影之眼屬於靈巧型的惡魔生物，它們沒有攻擊和防禦能力，在空中飛很容易被當成靶子，你們在廢墟裡頭走動，正好可以吸引亡靈的注意，不讓它們注意到暗影之眼。」

雖然撿金尋人隊養了不少暗影之眼，可是因為牠太過好用，被大量召喚後，現在數量銳減，十次召喚才能找到一、兩隻，死一隻少一隻，這樣可不行！

「喔！對！我想起來了！」羅蘭一拍手掌，後知後覺地說道：「我爸說，這暗影之眼脆得跟泡泡一樣，一吹就沒了！」

隼克啼大叔：「……」

不，也沒那麼脆，擋個一兩下攻擊還是可以的。

不過如果是羅蘭父親的武力值……似乎真的能將暗影之眼吹爆？

撿金尋人隊在第一個目標區搜尋了兩天，始終一無所獲，眾人收拾妥當後，開著車子朝下一個目標區趕去

這種事情對撿金尋人隊來說相當常見，有時候他們定下的幾個目標區都沒能找到人，反而是在一些意料外的地方找到屍體，有些時候甚至忙碌大半個月都一無所獲，任務宣告失敗。

雖然說，任務失敗也能收到雇主的酬金，但是比起失敗，他們還是更希望能夠完成任務！

畢竟他們這一行可是靠著「任務成功率」獲取名聲的呢！

就跟勇者團、傭兵團一樣，接洽的任務成功率越高，團隊的名氣就會越發響亮，找

來的雇主也會越來越多、任務級別也會升高，相對的，任務酬庸也會增加，名氣跟利益可以說是正向增長。

而且他們這一行還有一種「特殊迷信」——成功率越高的團隊，就越能夠找到人（屍體）！

就跟歐皇容易抽出稀有卡片的說法差不多。

雖然氣運這種東西很難捉摸，但是對於那些迫切想要尋回親屬的雇主而言，他們還是寧可信其有，寧可多花點錢，聘僱尋人氣運極旺的團隊進行尋找，也不想貪圖便宜，去找一個名氣不顯、尋人氣運可能不佳的團隊。

第二個目標區距離第一個目標區並不遠，車隊行駛幾個小時就抵達現場。

第二個目標區同樣是亡靈生物生存的地帶，應該說，燃燒堡壘有三分之一的區域都是屬於亡靈生物的領地。

第二個目標區因為距離禁地近，裡面的亡靈生物比第一區凶悍多了，所以進去裡頭尋人的小隊拆分成三個團隊，羅蘭他們身邊多了幾名資深成員保護。

隊伍數量少了，搜尋的範圍也就相對應的變大。

羅蘭他們在第二個目標區搜尋了五天，這才找到三個任務目標——兩具屍體和一個身受重傷而且精神瀕臨崩潰的男人。

隼克啼大叔將屍體收入特製的屍體保存袋裡頭，並為傷患灌下療傷、解毒以及安撫精神的藥劑，再將他帶回車上看顧。

燃燒堡壘的尋人任務一共要找到五個人，他們已經完成了一半的任務進度。

第三個目標區已經靠近禁地邊緣，放眼望去骸骨遍野，這裡的土層是白色帶著深深淺淺的灰色調，猛一看還以為是雪，其實那是骸骨腐化後變成的骨灰。

「深色骨灰是毒素侵入骨頭後形成的模樣，這裡的毒素很厲害，有些就算放置再久，毒素也不會消除，所以大家找人的時候盡量避開深色區域……」

隼克啼大叔的這番提醒主要針對羅蘭幾個新人，其他資深成員已經開始往臉上配戴空氣過濾面罩，朝身上包裹隔離毒素的保護膜了。

「防護膜記得要包三層以上，手跟腳都要包，不要偷懶！」隼克啼大叔盯著眾人囑咐道。

保護膜是一種柔軟的透明薄膜，裹上目標物後會自動黏合、收縮，貼合肌膚和衣物，材質堅韌，可以經得起切割，平常狀態下使用並不會出現破損，但是他們現在可是在燃燒堡壘的禁地邊緣，這裡的生物十分危險，一記攻擊很可能就讓保護膜毀損，一些容易受傷的部位多包幾層會比較保險。

第三個目標區如同隼克啼大叔他們預料的危險，他們才剛踏進這個區域就遭受攻擊，被毒液、毒霧和毒蟲刷了一波，眾人狼狽逃竄，不少人都受了傷。

「我點個名，看看有沒有人失蹤，叫到名字的喊一聲……」

隼克啼大叔在眾人療傷休息之際，開始進行點名。

點名點到最後，隼克啼大叔的表情凝重，團隊成員少了四分之一，而且羅蘭和哈瓦都跑丟了！

其他成員的經驗豐富，即使跟大隊離散，他們也能自己找回停車的據點跟團隊集合，隼克啼大叔並不擔心，但是羅蘭和哈瓦可是新手，還是第一次出任務的孩子，在這麼危險的地方走丟，那可是生死一瞬啊！

「這可怎麼辦？有人知道他們往哪個方向跑嗎？」隼克啼大叔著急地詢問。

「好像是往西邊跑去了。」大衛不太確定回道。

「我看到哈達跟他們在一起，應該沒事。」朗姆補充說道。

當時的情況非常混亂，眾人在各種毒物的攻擊下狼狽逃竄，要不是朗姆的位置跟羅蘭、哈瓦相近，而哈達和哈瓦身上的棺材又極為明顯，他也不會注意到他們的動向。

聽到哈達跟哈瓦和羅蘭他們在一起，隼克啼大叔也鬆了口氣。

有哈達在，兩個小孩應該沒事……

另一邊，被隼克啼大叔以為安全的羅蘭和哈瓦，並沒有跟哈達在一起。

兩名少年在安全地方歇息時，才意識到自己跟團隊失散了。

「怎麼辦？」哈瓦面露不安。

這是他第一次出門、第一次跟著團隊執行任務，也是第一次跟家人分散。

種種的突發狀況讓他非常不安。

「沒事、沒事。」羅蘭察覺他的情緒不對，連忙開口安撫，「隼克啼大叔不是說過嗎？要是跑丟了，就回到停車的地方集合。我們現在的位置離停車點不遠，走這邊就能出去了！」

羅蘭伸手指了個方向。

「真的嗎？你確定那邊是停車的地方？」

哈瓦不是不相信羅蘭，他只是需要再度確認，強化離開這裡的信心。

「真的！我的方向感很好，小時候我爸把我丟進魔獸森林時，我也是自己走出來的！」羅蘭語氣滿懷信心。

「……那就麻煩你了。」

「胡說什麼啊？我們是隊友！」

羅蘭笑著拍了拍他的肩膀，忽然哈瓦的身子一晃，人朝著羅蘭倒了下來。

幸好羅蘭的力氣大，要不然被這一人一棺砸下來，沒被砸傷也會被壓倒。

「欸欸欸？你怎麼了？」

羅蘭連忙接住他，這時才發現哈瓦全身冰涼。

「你的身體好冰！是中毒了嗎？」

羅蘭記得，之前攻擊他們的魔獸中，就有冰毒屬性的魔獸。

羅蘭連忙從儲物空間中取出解毒藥劑，灌入哈瓦口中。

這解毒藥劑是賈德森伯伯送他的，是加了龍鱗碎片製成的萬能解毒劑，不管什麼毒素都能去除！

在萬能解毒劑的療效中，哈瓦很快就恢復正常，這陣子積累的疲勞和戰鬥時造成的小傷口也都痊癒了。

「這藥很貴吧？」哈瓦關心著價格。

「欸？應該是吧！」羅蘭搔搔頭，「這是接近聖級的藥劑，加了龍鱗製作的。」

「……太浪費了。」哈瓦默默地摀住胸口，心疼不已。

哈瓦中的毒只需要高級藥劑就能解除，要是節省一些，買中級藥劑多喝幾罐，加上事後調養，同樣也能恢復健康。

因為與外界隔絕的關係，棺族人雖然生活可以自給自足，但卻不富裕，想要買點外界的東西都需要精打細算。

哈瓦在家中經常聽到父母盤算著開銷，對價格頗為敏感，而跟著父親出門後，哈瓦見識到外界的物價水準，被昂貴的生活費震驚到了。

加上哈達時常在他耳邊唸叨「賺錢不易」，讓哈瓦對自家的「窮」印象深刻。

「我沒那麼多錢還你。」哈瓦委屈巴巴說道。

哈達帶哈瓦去過藥劑店，對於藥劑的等級和售價，哈瓦還是有概念的。

「哈哈，不用還啦！我這藥劑是朋友送的，不用錢！」羅蘭爽朗地笑道。

「……」哈瓦默默地握住羅蘭的手，真誠的問：「我可以跟你的藥劑師朋友當朋友嗎？」

這麼慷慨的朋友，請給他來一打！

第七章　打工完成！確定未來方向！

01

依靠著羅蘭的絕佳方向感，兩位少年平安返回停車的臨時據點，途中雖然遭遇了幾波怪物攻擊，但那些魔獸大多是他們能應對的，要是數量太多對付不了，警覺性高的羅蘭也會拉著哈瓦逃跑。

返回據點的路上雖然磕磕絆絆，卻也安然返回了。

羅蘭跟哈瓦抵達據點時，據點只有留守車隊看護傷患的成員，隼克啼大叔等人依舊不見蹤影，想必是任務目標還沒找到，他們還在裡頭尋找。

兩名少年跟留守成員說了他們進入裡面後的遭遇，留守成員告訴他們，暗影之眼追蹤到任務目標的位置，現在隼克啼他們和哈達分成兩隊各自往任務目標趕去。

——哈達與眾人走散後，尋人途中陸續遇見幾名隊伍成員，幾個人組成一個小分隊行動。

了解情況後，羅蘭和哈瓦就進入車內休息，等待隼克啼大叔他們成功回來。

奔波忙碌了一天，羅蘭和哈瓦不管是肉體或是精神都相當疲憊，一坐上柔軟的座椅就睡著了。

等到兩人睡醒時，隼克啼大叔和哈達等人也都完成任務，回到據點休息了。

經過這次的「患難」經歷，哈瓦跟羅蘭的友誼突飛猛進，兩人之間的交流增加，哈瓦不再默不吭聲，在羅蘭嘰嘰喳喳地說話時，他也會回應個一兩句。

雖然依舊話不多，但是對比最初的模樣，哈瓦確實改變不少。

只不過這些改變只針對羅蘭一人，面對撿金尋人隊的其他成員，哈瓦依舊沉默、安靜的如同影子。

在撿金尋人隊的任務結束時，羅蘭特地帶哈達和哈瓦去了秘釀藥劑店一趟，介紹賈德森和林森給他們認識。

因為是羅蘭帶來的朋友，加上棺族在外界的名聲不錯，賈德森便贈送他們貴賓卡，採購店內藥劑可以享有五折到八折的折扣優惠。

對於這樣的意外之喜，哈達跟哈瓦都很高興。

沒辦法，棺族雖然能力強大，可是他們社恐啊！不敢離開族地啊！

就算離開族地到了外界，他們也不敢跟人組隊出任務啊！

單刷任務實在是太耗時間和精力了，即使任務酬庸高，但是扣掉時間和裝備、物資上的花費，剩餘的收入確實不多。

這也讓棺族養成節省和精打細算的好習慣。

說多了都是淚啊……

哈達和哈瓦本以為能得到藥劑店的貴賓卡已經很好了，沒想到羅蘭緊接著帶他們到金色閃耀商會，同樣在那裡拿到商會的貴賓卡。

金色閃耀商會不愧是大型商會，貴賓卡除了有各種折扣優惠之外，還有購物回饋金，也就是說，貴賓們在商會消費時，花出去的金額會回饋一定數額到貴賓帳戶裡頭，也算是另類的現金折扣了。

除此之外，金色閃耀商會還贈送了不同商品的折價券十組、金色閃耀旅店住宿免費升級券二十張，以及價值五十萬金幣的商品贈禮。

「……禮物可以任選，只要金額在五十萬金幣以內就行了。」

羅蘭向哈達跟哈瓦父子倆說明道。

「要是沒有想買的東西，也可以將這筆錢存入貴賓卡，日後有消費時從裡頭扣除……」

哈達和哈瓦當然有很多想買的東西，而且他們拿到兩張貴賓卡，商品額度就有一百萬金幣！

這麼多錢，能讓他們採購大量棺族需要的生活物資，算是族內大事，需要回去跟族裡討論一番。

於是他們選擇將這筆款項先存入貴賓卡中。

「金色閃耀商會有魔網服務平台，只要棺族有連通外界的魔網系統，就可以從金色閃耀服務平台上進行購物、行程預約、收寄物品等服務……」

羅蘭拿出自己的通訊器，教導他們該怎麼連上金色閃耀的平台，以及平台的使用方式。

「真方便……」

哈達瀏覽著平台的功能，發現這平台的服務將食衣住行全部囊括了，不出門就能辦到各種事情。

「這樣就可以不用出門了。」哈瓦對平台的功能很心動。

聽到孩子這麼說，哈達突然有些擔心，有了金色閃耀商會的服務平台後，族內不想出門的宅宅會不會變得更多？

應該不會吧？

金色閃耀商會的平台再怎麼便利，他們還是需要外出賺錢啊……

撿金尋人隊的打工一結束，羅蘭馬不停蹄地來到光輝之翼勇者培訓館，進行他最後一份打工行程。

「維克哥哥，我來你這裡打工啦～～」

羅蘭笑嘻嘻地跑進維克的辦公室，笑容就像陽光一樣炙熱。

維克的斜前方立著一面藍色螢幕，螢幕裡頭傳出男男女女的說話聲響，他們正在進行視訊會議。

在羅蘭進入辦公室後，維克朝羅蘭點頭笑笑，示意羅蘭先到一旁的沙發坐著休息，等他處理完手頭上的事務後再跟他敘舊。

羅蘭朝他回應一個燦爛笑容，而後熟門熟路地走進旁邊的休息室，開了冰箱，拿出飲料和點心零食，回到沙發處等待維克忙完。

維克的容貌像他的母親，精緻漂亮，但是不顯女氣，他身上還自帶一股優雅的貴族少爺氣質，看著就不像是小鎮能養出來的人。

外表看似溫和的維克，性格卻是跟父親奧德里奇極為相似，精明、幹練、冷靜並帶有些許控制欲，還是個熱愛工作勝於一切的工作狂！

雖然性格看起來並不好親近，可是那也只是針對外人，維克和他的父親都是極為重視家人的人，如果家人跟事業有衝突，他們肯定是以家人為先。

視訊會議結束，維克喝了幾口水潤潤喉，走到羅蘭身邊坐下。

「尋人隊的打工怎麼樣？有趣嗎？」

維克朝羅蘭關心地詢問道。

「很有趣！」羅蘭雙眼發亮的點頭，「打工的第一天，我們就去了燃燒堡壘，那裡好熱！有好多火山、好多岩漿、好多噴泉、好多魔獸！」

「尋人隊人手不夠，還邀請了棺族幫忙，棺族真的背著棺材行動耶！就連睡覺也是抱著棺材睡！」

「棺族他們打架不是扛著棺材打，他們是用法術操控棺材戰鬥的……」

「哈瓦比我大一歲，可是他的身高跟我差不多，唔，好像比我矮一點點。」

羅蘭用拇指和食指比劃出兩、三公分的差距。

「哈達伯伯說，那是因為哈瓦吃東西挑食，才會長得瘦瘦小小的！」

「哈瓦雖然不強壯，可是他很厲害喔！他可以將棺材分成三個打怪物！哈瓦說那是他們棺族的秘技！」

「哈瓦說他爸爸哈達更厲害，可以將棺材分成十幾個……」

「開車的時候要小心地面，隨時都會突然噴出熱氣跟熱噴泉，有幾次我們車隊都被熱蒸氣衝上天，還好車子有防護裝置，我們才沒被燙熟……」

羅蘭嘰嘰喳喳地說著他這次打工的見聞，說到興起還比手畫腳、手舞足蹈的，在維克面前一人分飾多角，重現當時的情況。

維克捧著茶杯，笑瞇瞇地聽著，時不時應和一兩句，給羅蘭的賣力講述捧場。

等到羅蘭說完他這次的打工故事，維克才又慢悠悠地問出第二個問題。

「你這麼喜歡尋人隊，以後想將它當成正職工作？」

「唔……」

羅蘭皺著眉頭，思索了好一會兒，這才搖頭否認。

「雖然我很喜歡尋人隊的工作，可是我覺得它不適合我。」

維克點頭表示理解，並沒有對此做出評價。

「那你還有其他打工的目標嗎？」

「啊？」

「嚮導、酒館、商會、藥劑店、占卜屋、尋人隊……這些工作你都說不適合你，那麼你以後想找什麼工作呢？」

羅蘭回想了這段時間的打工經驗，內心也頗為苦惱。

他挑的這些打工工作都是他自己感興趣，覺得可以試試的，只是嘗試後卻發現，這些工作雖然有趣，卻是激不起他的熱情，沒有讓他產生「想要一輩子做這件事情」的想法。

「我覺得你可以不用將目標定得那麼高，一輩子實在是太遙遠了。」維克笑著安撫，「你可以先找一份短時間內願意當成正職看待的工作，之後遇到更喜歡的再換……」

「我也知道可以這樣，可是我就是沒辦法……」羅蘭鬱悶地垂下頭。

用打工的心情看待，很多工作都可以接受，可是一想到要成為正職，他就……

「那麼，試試當個『勇者』，如何？」維克笑著建議道。

「欸？」

羅蘭錯愕地瞪大眼睛。

維克哥哥不是都說勇者都是蠢貨，想要成為勇者的都是笨蛋嗎？

怎麼突然叫他去當勇者？

02

「誰跟你說勇者都是蠢貨了？你別胡亂曲解我的話！」

維克沒好氣地敲了敲他的腦袋。

維克用的力道不大，敲在腦袋上也不疼，但心虛的羅蘭還是誇張地「嗷嗷」直叫，希望維克不會太過生氣。

「我可是經營勇者培訓館的老闆，怎麼可能會覺得勇者是蠢貨？」

「你明明是因為勇者學員的錢最好賺，才會……」

「啪！」

維克又敲了羅蘭的腦袋一記。

「我說話的時候，你是不是都沒有聽完整？」

「……有嗎？」羅蘭的聲音弱下，不太確信地嘀咕。

維克有時候跟他聊的內容太過深奧，他聽不懂，羅蘭經常跟他聊著聊著，就開始發呆，漏掉幾個段落、幾句話是常態。

看著傻愣愣的羅蘭，維克嘆了口氣，語氣慎重地說明。

「我不討厭勇者，相反地，我覺得勇者是個崇高又令人敬佩的職業。」

他可是艾尼克斯勇者小鎮的孩子，從小到大聽到的就是各種勇者事蹟，又怎麼可能會討厭勇者？

要不是身體資質不行，他自己都想要成為勇者！

「我討厭的是，將勇者當成收穫名利的手段，隨隨便便弄個虛假人設、灌水資料把自己塑造成勇者明星，還以為別人都沒發現他那些噁心企圖的蠢貨！」

那些人的存在，簡直就是玷汙了「勇者」這個詞彙！

「我更加討厭的是，掛著勇者的頭銜，卻不肯腳踏實地的鍛鍊實力，一遇到麻煩就躲，對社會毫無貢獻，一味利用別人對勇者的崇拜和善意，為自己謀奪好處的虛偽傢伙！」

例如某些勇者選秀節目中的常駐評審，或是某些占據他人功勞的卑劣者！

「原來是這樣啊……」羅蘭面露恍然。

「你為什麼會覺得我討厭勇者？」維克納悶地反問。

「……」

羅蘭扁了扁嘴，緩緩說出他誤解的經過。

「每次我跟你看勇者真人秀跟選秀節目的時候，你都會生氣的罵人，還會跟我說，不要學他們，這些勇者爛透了……」

「那是因為那些人該罵！有些評審收了錢，給沒實力的勇者打了高分，還打壓有實力的新人，節目組為了收視率惡意剪輯、扭曲事實真相，某些勇者明星還販賣品質低劣的產品，造成許多人受害……」

身為勇者培訓館的老闆以及金色閃耀商會的少爺，維克可以得到許多圈外人不清楚的內幕消息，也是因為得知那些人的真實情況，他才會那麼憤怒。

因為將羅蘭當成小孩看待，維克並沒有將那些黑暗面告訴他，這也就導致羅蘭不清楚維克生氣的原因，只以為他討厭那些勇者選秀節目和評審。

「你之前還說，光輝之翼是靠著想要當勇者的笨蛋賺錢，還說那些想當勇者的都是蠢貨……」

維克啞口無言，這確實是他曾經說過的話。

「那時候我正處於青春期，青春期的性格會比較偏激暴躁，自以為看透了天底下的一切真相，但是我針對的人只是沒有自知之明的人，並不是所有勇者……」

維克忍著尷尬，嘗試向羅蘭剖析自己當時的心理。

「我罵的那些人，有的是不用心訓練，只想著玩樂，浪費家人的錢；也有將勇者這個職業當成遊戲，想要靠著家裡的金權鋪路，進入勇者的圈子玩一趟，收穫一堆掌聲、愛慕，滿足虛榮心的……」

「因為這些人本身家境不錯，即使他們無法成為勇者，家中也有產業等他們繼承，生活不成問題，所以我也只是嘴上罵幾句，沒有過多干涉。」

而且勇者培訓館想要發展得好，不僅需要優秀的勇者好苗子，還需要人傻錢多的富家子弟來增加勇者培訓館的收入，後者正是光輝之翼的主要經濟來源。

看在金錢的分上，維克自然相當歡迎這些人加入培訓館。

反正光輝之翼對這些學員都是一視同仁，並不存在歧視窮人或是特地奉承富人的想法，維克自覺問心無愧，收錢收得理所當然。

「我、我還看到你將一個學員趕了出去，還說他根本沒有勇者資質，叫他不要浪費培訓館的時間……」

維克聽羅蘭這麼一說，就清楚他說的對象是誰了，畢竟能被培訓館趕出去的學員著實不多。

「那個被我趕出去的人，他家裡的家境不好，而他也確實沒有勇者資質……但是！」

重要的轉折點來了。

「如果只是這樣，我不會拒絕他學習，畢竟就算資質不好，只要肯努力，還是有機會成為勇者，進一步改善他家裡的窮困。」

「可是那個人，他自恃甚高，沒有自知之明，明明資質不好卻不肯努力，只顧著巴結、奉承那些貴族少爺……」

「先說好，我並不歧視他的作法，每個人都想要過上好日子，成為那些貴族的僕從也是一條路。」

「只是那個人愛慕虛榮、自私自利，只在乎自己過得好，完全不在乎他的家人有沒有餓肚子！他的家人將家中很有限的錢財都留給他，只為了讓他買漂亮的新衣服，讓他能夠跟著貴族少爺去高級餐廳吃好東西……」

「他家人辛辛苦苦省下來的錢，他花得毫不在意，甚至恣意揮霍。」

他家裡的人都瘦成了皮包骨，穿的衣裳補了又補，就只有他一個人吃得白白胖胖、衣著亮麗。

「這也就算了，他家的錢要怎麼花是他家的事，只是這個人不但虛榮，他還心胸狹窄、思想扭曲！」

「他認為培訓老師因為他家窮困而輕視他，故意留一手不教他，私下造謠，抹黑培訓老師跟培訓館的名聲……」

「他的心腸歹毒，自己不肯努力學習，還會去妒恨他人，甚至在進行考核時對優秀成員下藥！」

也是因為調查出這些事情，維克才將人轟走的。

「是我誤會了，對不起。」

聽完前因後果，羅蘭不好意思地道歉。

「我也有錯。」維克坦言道：「以前總將你當成孩子，很多事情都沒有告訴你，要是在事件發生的時候，我早早跟你解釋清楚，就不會產生那麼多誤解。」

「那我們就互相原諒對方吧！」羅蘭嘻笑著回道。

「好……不，不行！」維克眼睛一瞪，露出兇巴巴的模樣。

「為什麼不行？」羅蘭委屈地反問。

「你知道你去打工以後，我接到多少人的投訴嗎？」維克沒好氣地質問：「克拉克老師、戴恩嚮導、老沃夫、約翰廚師、我叔叔、瑪麗蓮婆婆、巫妖馬爾科、隼克啼大叔……一堆人都跑來逼問我，為什麼不讓你去當勇者？為什麼把你拐上歧途！」

維克被這些長輩質問的時候，完全摸不清頭緒。

他什麼時候不讓羅蘭當勇者了？

羅蘭就是當勇者的好苗子啊！

他的未來肯定是朝著勇者的道路走啊！

為了幫助羅蘭、也為了讓自己圓夢，維克私底下也努力學習勇者團的後勤相關知識，想要跟羅蘭組隊，當他的副隊長兼後勤主管！

他怎麼可能不讓羅蘭當勇者！

「你知道我被罵得多慘嗎？」維克語氣滄桑。

「……對不起。」

「為了彌補我，你跟我組隊去參加這個……」

維克將一份資料遞給他。

「《勇者新星選拔營》？你不是最討厭這種選秀節目的嗎？」

「它並不是以綜藝為主的選秀節目，是由勇者公會、冒險者公會、學者公會等大型組織聯手舉辦的節目……」

「《勇者新星選拔營》全程直播，每名選手身邊都有鏡頭跟隨，不用擔心黑幕和惡意剪輯……」

「評審邀請了菁英勇者、學者以及勇者相關領域的頂尖人士，評分的專業度極高，而且節目還會跟各大勇者團、冒險團合作，讓新人勇者親身體驗勇者團的日常工作……」

這麼大規模的選拔活動，只要表現夠好，就能夠收穫名利。

「就算沒有在決賽中獲得名次，參加這樣的大型活動也是一項不錯的經驗。」

維克耐心地等待羅蘭看完資料。

「選拔營的遴選以團隊為主，團隊人數以三到五人為限。光輝之翼得到一個推薦名額，可以不用經過海選，直接進入選拔營。我打算帶你以及三名培訓館的優秀學員組隊參加。」

在維克看來，他和羅蘭外加一名優秀的治療師就可以成隊了，不過這畢竟是一個宣傳光輝之翼的好機會，當然要滿員參賽才行。

「我、我真的可以嗎？」

羅蘭難得地顯露出沒自信的模樣。

對於艾尼克斯勇者小鎮的孩子來說，勇者是一個瑰麗的夢想，是令人崇拜的職業。

羅蘭擔心自己成了維克哥哥口中的蠢貨，玷汙了勇者這個詞。

「你當然可以。」維克篤定說道：「你的資質優秀，心性也好，還有名師教導……」

「名師？你是說克拉克爺爺？」羅蘭面露茫然。

「克拉克爺爺可是很厲害的，難道你覺得克拉克爺爺很弱？」

要是羅蘭敢說克拉克爺爺弱，維克就立刻去跟克拉克爺爺打小報告，讓克拉克爺爺來教育孩子。

「不、不是，克拉克爺爺當然很厲害，我到現在都還沒能打贏他呢！」羅蘭連忙否認，「只是我跟克拉克爺爺學的都是基礎，應該比不上那些厲害的學員……」

維克回想著克拉克爺爺教的「基礎」，嘴角微抽。

那些「基礎」可是囊括了所有的勇者訓練！就算是培訓館的老師也不一定能學會！

「放心吧！基礎是一切的根本，很多菁英學員甚至是勇者明星的基礎都沒打好，這一點你比他們強！」

有了維克的保證，羅蘭這才有了些許自信。

「我會努力的！」

就算不能在《勇者新星選拔營》中得到好名次，也絕對不會讓維克哥哥和光輝之翼丟臉！

羅蘭要走上勇者道路、參加《勇者新星選拔營》的消息一出，艾尼克斯勇者小鎮可以說是舉鎮歡騰、普天同慶！

接著羅蘭就被克拉克爺爺拎回家裡進行加強訓練，而堅定了目標的羅蘭也不像以前那樣，總是想著要逃避訓練去玩耍，而是認認真真地跟著克拉克爺爺加強自己的本領。

秘釀藥劑店的賈德森藥劑大師承包了羅蘭在訓練中所需的淬體藥劑、傷藥、營養補給藥劑等等。

沃夫與扎拉德酒館的大廚和鎮上擅長廚藝的嬸嬸們承包了羅蘭的一日三餐，保證將羅蘭餵得營養充足、身強體壯！

金色閃耀商會出資、出裝備贊助整個團隊。

鍛造店的大叔老闆給羅蘭打造了適合他使用的匕首和大刀。

鞋店的老闆伯伯用最柔韌、耐用的獸皮料子給羅蘭製作靴子、皮帶和用來補強防禦的護甲。

手藝精湛的裁縫店大叔親手為羅蘭縫製了舒適的貼身衣物，雖然樣式不顯眼，布料和手藝卻是最上等，穿在身上的體感最為舒適！

可別小看了貼身衣物，勇者們對於自己的身體掌控力極佳，一點點身體上的不適都會被放大再放大，而這一點小小的不舒服很有可能造成他在戰鬥上分心，進而導致失敗。

細節決定成敗！這句話可是勇者圈的至高名言！

羅蘭在進行特訓，而維克也在培訓館中挑選組隊成員。

組隊需要再加上三名成員就夠了，但是維克一共挑選了二十名學員進入強化特訓班，這些學員有的是有天賦、有的是在測試中成績好、也有性格穩重適合成為團隊一份子的。

並不是優秀和頂尖的人就適合組團，還要看大家的配合跟性格，合不來的、沒有默契、沒有團隊意識的人，就算表現再出色，也不會被維克加入最終名單之中。維克的顧慮確實很正確。

在進行培訓的過程中，他發現，有一兩個被老師們認為有天分、成績不錯、未來可期的學員，其實沒什麼團隊意識，或許是經常受到誇讚和吹捧，他們更加喜歡表現自己、想要讓自己成為團隊的焦點。

可是在組這個強化特訓班的時候，維克就直白地跟他們說過，這個強化特訓班是為了篩選參加《勇者新星選拔營》的隊員而建立的，團隊的核心是羅蘭，他是主力勇者，被選出的成員都是要跟羅蘭搭配的，要做好成為配角的心理準備。

要不要參加強化特訓班，一切隨他們自己的意願，維克不強求。

這些學員同意了，維克才讓他們加入強化特訓班。

結果加入了特訓班，他們又自己反悔，不想當配角了。

不想當配角也沒關係，直接退出特訓班就是了，維克也不會反對。

但是他們不但沒有這麼做，還經常在私底下說閒話，抹黑和造謠維克和強化特訓班，引誘其他成員心思不寧，連日常訓練也開始混水摸魚了。

這就讓維克不能忍了！

將幾個鬧事的人踢出培訓館後，維克調查出幕後主使者是來自隔壁城鎮的人。

他們也要參加《勇者新星選拔營》，因為知道羅蘭的厲害，怕羅蘭擋了他們的成名路，就花錢找人潑髒水，想要敗壞羅蘭的名聲，讓維克組建不了好團隊，動搖他們的信念，讓他們沒辦法在《勇者新星選拔營》擁有好成績！

這答案真是把維克氣樂了！

羅蘭都還沒出道，就有人對他那麼防備了嗎？

維克直接將調查出的證據扔給長輩們，讓他們知道小羅蘭被針對的事！

「這些小鬼都在想什麼？都還沒出道就開始下黑手了？一群小混蛋！」

合森圖勇者培訓館館長粗啞著嗓子，滿臉凶狠罵道。

「可憐的小羅蘭，他怎麼這麼倒楣啊！」

氣質溫柔、容貌姣好的旅館女老闆用絲帕抹著並不存在的眼淚。

「他要是被這些人影響了，又不想當勇者了，那可怎麼辦啊……」

「嘖嘖！實力一代不如一代，心卻是一代比一代黑。」

魔龍勇者培訓館館長眯起眼睛，對於這樣的手段頗為不屑。

「小羅蘭可真厲害，瞧瞧這些盯上他的人，貴族少爺、勇者後代、某勇者團的繼承人……都是有背景的吶！」

金色閃耀商會會長、維克的爸爸奧德里奇冷淡地譏笑。

「嘖！這年頭，一堆垃圾都往勇者圈裡擠！」傑克團長暴躁咒罵。

「看來我們低調太久，讓人當成兔子看了，誰都想要上來踩一腳，欺負我們的崽子。」

艾尼克斯勇者小鎮鎮長敲了敲煙斗，臉上笑嘻嘻，語氣卻相當森寒。

「休息了這麼久，大家都活動活動吧！」尖帽子占卜屋的瑪麗蓮婆婆微笑說道：「我去找我那些老朋友聊聊天。」

說著，她化成一隻黑鷹往外飛去。

「我也聯繫聯繫我那些旅店同行，這年頭做生意啊，還是要篩選一下顧客，總不能什麼阿貓阿狗都接待。」

溫溫柔柔的旅館女老闆起身向眾人道別，優雅地往外走去。

「走囉！走囉！」合森圖勇者培訓館館長也跟著站起身，「我去跟其他培訓館館長聊聊，現在的小孩子真是越來越厲害了……」

「我跟老師一起去。」魔龍勇者培訓館館長跟著起身，笑得像一隻黑心狐狸，「我也好久沒見到那些前輩和朋友了，不知道他們近來過得可好？」

「你跟著我做什麼？」合森圖勇者培訓館館長揮揮手，「你去跟那些鬧事的聊聊，看他們想要怎麼道歉！」

被指派了其他工作，魔龍勇者培訓館館長欣然接受。

「好的，老師，我去跟他們聊聊天，順便跟他們探討一下教育學徒的方式。」

魔龍勇者培訓館館長向來以精明、腹黑著稱，被他盯上的目標，不只會被扒掉一層皮，連肉帶骨都給你吞了！

一群人離開村長的家後，隨即展開了行動，給那群該死的、抹黑欺負羅蘭的混帳一點教訓。

那幾個下黑手的學徒和他們背後的勢力組織，生意連連受挫，日常過得也不平順，執行任務時經常被人找麻煩，要不就是遭到魔獸群攻擊，就連入住旅館也是遭遇各種意外，不是訂不到房間就是入住的房間隔壁有惡客。

吃東西吃到砂子、半截蟲子，房間莫名出現老鼠、蟑螂、蜘蛛，去酒館喝酒被其他客人揍，出門不小心踩到一攤水打滑摔跤，而且還摔骨折了！

眾人被折磨得叫苦連天，還跑去買了不少幸運符、幸運兔腳，希望掃去霉運。

後來還是有人指點他們，說他們得罪了人，那些勢力組織的頭領這才恍然大悟，他們把惹事的學徒教訓了一通，揍得他們躺在床上大半個月下不了床，又送了一車車的禮物賠罪，這件事才宣告停歇。

而引起這場風波的羅蘭本人，被克拉克爺爺關在家裡進行培訓，每天的行程就是訓練訓練再訓練，從頭到尾都不知情。

（下集待續）

後記

《勇者小鎮的打工日常》先是在「KadoKado角角者」平台進行獨家連載，因為獲得大家的喜愛，出版了實體書！感謝大家的支持！（灑花）

《勇者小鎮的打工日常》講述的是主角羅蘭在小鎮上的各種打工生活，從羅蘭的視角去認識那些臥虎藏龍的小鎮居民！

以前玩遊戲的時候，我總是覺得，遊戲中那些新手村、偏鄉小鎮的居民都很「深藏不露」，一個人就能支撐一間店鋪，幾間店就能湊夠玩家所有的需求，住在那麼偏僻的地方，鎮外怪物一堆他們也不怕！簡直就像是隱世高人一樣！

所以就萌生出寫這個故事的想法了。（笑）

雖然劇情很日常，但還是希望大家會喜歡這個故事啦～

重新修稿後，覺得原本的結尾雖然沒有問題，但是小鎮居民的參與度太少，所以我

又添了一章節，將鎮上的居民拉出來逛逛，展現一下身上的「肌肉」，這一點大概是網路版跟實體書版的差異了。（笑）

看完小說以後，有什麼感想可以到我的粉專或是部落格分享喔！

貓邏

勇者小鎮的打工日常 上

作　　者＊貓邏
插　　畫＊高橋麵包

2023 年 12 月 14 日　初版第 1 刷發行

發 行 人＊岩崎剛人
總　　監＊呂慧君
編　　輯＊喬齊安
美術設計＊林慧玟
印　　務＊李明修（主任）、張加恩（主任）、張凱棋

台灣角川

發 行 所＊台灣角川股份有限公司
地　　址＊104 台北市中山區松江路 223 號 3 樓
電　　話＊（02）2515-3000
傳　　真＊（02）2515-0033
網　　址＊http://www.kadokawa.com.tw
劃撥帳戶＊台灣角川股份有限公司
劃撥帳號＊ 19487412
法律顧問＊有澤法律事務所
製　　版＊尚騰印刷事業有限公司
I S B N＊ 978-626-378-274-7

國家圖書館出版品預行編目資料

勇者小鎮的打工日常 / 貓邏作 . -- 初版 . -- 臺北市 : 臺灣角川股份有限公司 , 2023.12
　冊；　公分
ISBN 978-626-378-274-7(上冊 : 平裝). --
ISBN 978-626-378-275-4(下冊 : 平裝)

863.57　　112017344